I Narratori / Feltrinelli

ANTONIO TABUCCHI
VIAGGI E ALTRI VIAGGI

a cura di Paolo Di Paolo

Feltrinelli

© Giangiacomo Feltrinelli Editore Milano
Prima edizione ne "I Narratori" ottobre 2010

© 2010 Antonio Tabucchi
All rights reserved

Stampa Nuovo Istituto Italiano d'Arti Grafiche - BG

ISBN 978-88-07-01822-0

www.feltrinellieditore.it
Libri in uscita, interviste, reading,
commenti e percorsi di lettura.
Aggiornamenti quotidiani

IL RAZZISMO
È UNA
BRUTTA STORIA.
razzismobruttastoria.net

Viaggi e altri viaggi

A Zé, compagna anche di viaggi

Nota

Nati dalle occasioni più diverse, sempre da viaggi ma mai da viaggi fatti per poi diventare letteratura di viaggi, questi testi vagavano come isole in un arcipelago fluttuante, sparsi qua e là nelle sedi più disparate e sotto diverse bandiere, quasi senza coscienza di un'appartenenza e di un'identità, a loro modo alla deriva. Raccoglierli è stato come farne un galleggiante unico, una barca, una canoa; calafatarne le fessure della chiglia, e dalle correnti a cui erano affidati indirizzarli verso un'unica direzione: il viaggio di un libro.

Spuria è dunque la natura di questo naviglio, eppure compatta, allo stesso modo in cui tante persone formano una folla. E curioso è guardare il ponte dell'imbarcazione: a volte c'è un navigatore solitario nel quale mi sembra di riconoscermi, altre sono in compagnia di Maria José, altre volte ancora io non sono fra i viaggiatori e mi limito ad accompagnarli col binocolo dalla costa.

Ma, a conti fatti, ho viaggiato molto, lo ammetto; ho visitato e ho vissuto in molti altrove. E lo sento come un grande privilegio, perché posare i piedi sul medesimo suolo per tutta la vita può provocare un pericoloso equivoco, farci credere che quella terra ci appartenga, come se essa non fosse in prestito, come tutto è in prestito nella vita. Costantino Kavafis lo ha detto in una straordinaria poesia intitolata *Itaca*: il viaggio trova senso solo in se stesso, nell'essere viaggio. E questo è un grande insegnamento se ne sappiamo cogliere il vero significato: è come la nostra esistenza, il cui senso principale è quello di essere vissuta.

Rileggo questi viaggi che in qualche modo sono le tessere del Viaggio che ho fatto finora. Alcuni mi suscitano allegria, altri nostalgia, altri ancora rimpianto. Molti portano bei ricordi: furono (continuano ad essere nella memoria) viaggi molto belli. Ma forse mancano i viaggi più straordinari. Sono quelli che non ho mai fatto, quelli che non potrò mai fare. Restano non scritti, o chiusi in un loro segreto alfabeto sotto le palpebre, la sera. Poi arriva il sonno, e si salpa.

A.T.

Lo zio di Lucca a Singapore

Conversazione con Paolo Di Paolo

«*Spesso immaginavo di partire. Mi vedevo salire su uno di quei treni nella notte, di soppiatto... Con me avevo un minuscolo bagaglio, il mio orologio con le lancette fosforescenti e il mio libro di geografia*» *dice il personaggio di un suo racconto,* "*I pomeriggi del sabato*" *(*Il gioco del rovescio*, 1988). L'infinito "partire" quali immagini evoca in lei? Quando ha cominciato a pensare che avrebbe potuto riguardare la sua vita?*

È comprensibile che un giovane, dopo aver passato l'infanzia nell'orizzonte monotono di una campagna (seppur la bella campagna toscana) e un interminabile anno dell'adolescenza inchiodato nel letto per una malattia a un ginocchio e sognando sui libri di Stevenson e di Conrad che mi forniva mio zio, è comprensibile che quel giovane desiderasse di partire. Ma a muovermi non furono i romanzi di viaggi lontani, fu un film: *La dolce vita* di Federico Fellini. Il ritratto dell'Italia che Fellini forniva in quel film impietoso non corrispondeva a quello che l'Italia voleva che un liceale credesse. Dopo il liceo non ebbi animo di iscrivermi subito all'università e scelsi con la complicità di mio padre di andare a Parigi. A quel tempo non c'era l'Erasmus e da studenti ci si manteneva lavando i piatti, inoltre essere *auditeur libre* alla Sorbona non prometteva una brillante carriera. Ma Parigi fu la scoperta del mondo o almeno la scoperta che il mondo è grande. Non è vero che il mondo è piccolo. Non è neppure vero che è un "villaggio globale", come pretendono i mass media. Il mondo è grande e diverso. Per questo è bello: perché è grande e diverso, ed è impossibile conoscerlo tutto.

«Sono qui e nessuno mi conosce, sono un volto anonimo in questa moltitudine di volti anonimi, sono qui come potrei essere altrove, è la stessa cosa, e questo mi dà un grande struggimento e un senso di libertà bella e superflua, come un amore rifiutato», si legge nel racconto "Any where out of the world" (Piccoli equivoci senza importanza, 1985). Capitare in un luogo: nascere significa anche questo. Ma poi, qualcosa comincia ad andarci stretto; allora partiamo. Ma non è così facile trovare un luogo che ci basti. Ecco: "farsi bastare i luoghi". Da dove cominciare?

La letteratura – ha detto un poeta – è la dimostrazione che la vita non basta. Perché la letteratura è una forma di conoscenza in più. È come il viaggio: è una forma di conoscenza in più, tante forme di conoscenza in più. Molte cose ci possono bastare, e devono bastare, nella vita: l'amore, il lavoro, i soldi. Ma la voglia di conoscere non basta mai, credo. Se uno ha voglia di conoscere, almeno.

Il ragazzino del suo racconto "Capodanno" (L'angelo nero, 1991) viaggia con i libri, con le storie. Viaggia stando fer-

mo. Quanto l'esperienza della lettura ha a che fare con quella del viaggio? E la scrittura, come si sente dire, è un altro modo di viaggiare?

Scrivendo uno immagina di essere un altro e di vivere una vita altra. E di stare in un altro luogo. La scrittura è un viaggio fuori dal tempo e dallo spazio. Il viaggio, quello geografico, è un movimento in orizzontale, ma sempre ancorato alla crosta del mondo.

C'è un libro di Carlo Emilio Gadda che si intitola I viaggi la morte. *Scritto così, senza virgola. I personaggi dei suoi libri si spostano, viaggiano e pensano spesso alla morte. Chi dice "io" nel romanzo* Requiem *(1992) attraversa Lisbona, ci viaggia dentro e incontra di continuo, a ogni angolo, presenze-assenze che richiamano la morte, i morti.*

Viaggiando si incontrano soprattutto i vivi. A volte anche dei moribondi. E anche dei veri morti, dipende dai luoghi. Oggi in certi paesi, ad esempio, se ne può trovare una quantità ragguardevole. Ma anche i nostri morti, o i morti che abbiamo conosciuto quando erano vivi. Può capitare. Può capitare, per esempio, che in una modesta pensione di Lisbona, in una domenica d'agosto, quando la città è deserta, uno riceva la visita del proprio padre morto da tempo. Perché a casa non veniva? Una forma di timidezza che hanno i defunti? Difficoltà a tornare in un luogo a lui troppo noto? Può capitare che in una anonima camera di un hotel di Singapore, lassù all'ultimo piano di un grattacielo, arrivi all'improvviso la voce dello zio di Lucca. Che potenza di voce, se arriva da Lucca, ed è ben strano, a pochi chilometri di distanza non era mai arrivata; uno sta dormendo in un hotel di Singapore e lo sveglia la voce dello zio di Lucca. Possibile che lo zio di Lucca avesse bisogno che il nipote si trovasse a Singapore per dirgli una cosa all'orecchio? Da cosa dipenderà? Sarà perché stasera non hai visto i telegiornali italiani, cosa del resto impossibile a Singapore? Sarà perché non hai appreso che il papa è uscito sulla piazza con un nuovo copricapo, che l'onorevole del partito della Manodura oggi non ha invitato a sparare su nessuno, che il giornalista televisivo che di umano non ha quasi niente considera sacro l'embrione? Sarà perché hai fatto pulizia delle scorie che inquinano la vita quotidiana? Sarà perché i morti, come i cetacei che comunicano con una specie di sonar naturale per non esser disturbati da tutti i suoni artificiali che inquinano gli oceani, hanno bisogno di acque acusticamente pulite affinché la loro voce non si perda nel rumore di fondo da cui siamo avvolti?

E il tempo? Che cosa succede al tempo (alla nostra percezione del tempo) mentre siamo in viaggio? Sembra strettissimo al momento di spostarci, di muoverci, ma poi si dilata, lievita miracolosamente quando lo riconsideriamo da fermi.

Che cosa bella, gli orari! Gli orari sono fatti di un tempo speciale che non appartiene al Tempo con la maiuscola, appartiene a un tempo stretto, contabile, che entra nella pagina di un'agenda. Si fanno i calcoli: prendendo l'autobus delle quattro del mattino arrivo ad Oaxaca alle sette del pomeriggio. La cerimonia degli stregoni zapotechi sulle colline è alle ventuno, se l'autobus non ritarda ce la dovrei fare. Questo lunedì. Per martedì poi si vede.

Crede che l'esperienza del viaggio abbia inciso molto sui libri che ha scritto? Ci sono viaggi che oggi, ripensando al suo lavoro, considera decisivi?

È sempre difficile stabilire se le cose che pensiamo hanno più influenza sulle cose che facciamo o se le cose che facciamo hanno più influenza sulle cose che pensiamo. Probabilmente funzionano in regime di *par condicio*. Ci sono viaggi che si sono trasformati in scrittura. Questi viaggi non ci sono più, quasi me li sono dimenticati. O meglio, continuano ad esistere perché li ho trasformati in romanzi. Vivere e scrivere sono la stessa cosa, però sono due cose diverse. La vita è una musica che svanisce appena l'hai suonata. La musica è più bella della sua partitura, non c'è dubbio. Ma della musica, quando è stata suonata, nella vita resta la partitura.

Lei che viaggiatore è? Lo spaesamento, il capovolgimento o l'interruzione dell'abitudine, l'incontro con l'ignoto la spaventano?

Un viaggiatore che non ha mai fatto viaggi per scriverne, cosa che mi è sempre parsa stolta. Sarebbe come se uno volesse innamorarsi per poter scrivere un libro sull'amore. Forse molte volte la noia, nel senso più profondo, è stato un grande propellente. Però è difficile stabilirlo. Talvolta la noia, sempre nel senso più profondo, può essere un propellente ma anche una fascinazione a cui ci si abbandona fino a toccarne il fondo. E l'ignoto, il vero ignoto, dove lo troveremo, prendendo un aereo che va lontano o in fondo a quel pozzo di immobilità in una giornata passata a pensare senza muoversi di casa, guardando un muro senza vederlo? E poi l'ignoto ci spia sempre, e si presenta alla prima occasione.

Ci sono autori o libri che le hanno fatto da guida, che ha sentito come compagni di viaggio nei viaggi della sua vita?

Più che autori, direi dei versi, o brani di poesie. Uno se le porta dentro senza sapere di saperle, le poesie. E a volte arrivano da sole, come a siglare una circostanza in cui ti trovi, emergono dalla memoria per associazioni di idee, perché definiscono una situazione, "danno un senso", sono dei veri compagni di viaggio, quel tipo di compagno che ti dice la cosa giusta al momento giusto. Non so, per esempio, citando alla rinfusa versi che mi sono venuti in mente e che magari ho ripetuto come un ritornello per tutto un viaggio: «Detesto il poema ciclico e non gradisco i sentieri calpestati da molti» (un viaggio sbagliato); «Straniero, poco ho da dirti: fermati e leggi» (una lapide trovata per caso); «Mio Dio, che secolo, dicevano i topi, e cominciavano a rodere l'edificio» (davanti a scene che avrei preferito non vedere); «Viaggiare, perdere paesi» (varie situazioni); «Sto dove non dovrei stare» (pensata spesso); «Aria, mi riconosci tu, tu che un giorno conoscevi i luoghi che erano miei?» (certi ritorni); «Quando ti perderai nel deserto della sera e l'azzurro del mare lontano ti farà venire sete» (una premonizione che si avvera); «Succede che è dicembre in tutto il mondo ed è sabato in tutta la Colombia» (una vigilia di Natale chiedendosi cosa ci faccio qui); «Ho nostalgia di casa, il che è evidentemente una sciocchezza, da quelle parti non sono mai stato uno stimato sciovinista» (può succedere).

«Mi piaceva leggere il viaggio sul volto degli altri». È una frase molto bella e sta dentro un suo libro. C'è un viaggio che le è capitato di vivere per averlo letto sul volto di qualcuno? Parenti, amici, persone incontrate per caso...

Una particolare meraviglia del viaggio si legge soprattutto sui volti di quelli che vanno "in gita". «Gli italiani in gita», come direbbe Paolo Conte. Ma anche qui in Portogallo, da dove le sto rispondendo, quelli che la domenica fanno la gita a Fátima o nelle località di mare, e in Francia quelli della periferia parigina che la domenica vanno a vedere la cattedrale di Chartres. Esistono ancora "le gite", anche se sono destinate a sparire. Più di una volta sono andato ad aspettare l'autobus di ritorno da qualche parte, fingendo di aspettare qualcuno anche se non aspettavo nessuno, per guardare le persone che scendevano. Sul volto hanno meraviglia, eccitazione, stanchezza, a volte non sono più tanto giovani, qualcuno ha portato anche i nipoti più grandicelli. Mi piace guardarle, queste persone: hanno davvero fatto un viaggio, anche se solo di poche centinaia di chilometri. Magari, non so, dal mio paese in Toscana sono andati ad Assisi o sul lago Trasimeno. E il viaggio ce l'hanno negli occhi assonnati dove è rimasto il disagio e l'allegria di quella breve evasione. Invece, al contrario, mi è capitato di osservare certe giovani coppie, oggi, che magari non hanno mai visto gli Uffizi o il Colosseo e che quando si sposano vanno in viaggio di nozze alle Seychelles o alle isole Comore. Quando tornano, sul loro volto non c'è scritto niente. Del resto, cosa ci fa uno alle isole Comore? Sono solo abbronzati. Lo stesso risultato l'avrebbero ottenuto standosene seduti nel cortile di casa o sul terrazzo.

I.
Si parte

Atlante

La scoperta (e la fascinazione) della letteratura venne con l'adolescenza grazie a un libro "magico" che per me continua ad essere magico, *L'isola del tesoro*. La casa editrice si chiamava Giunti-Marzocco e aveva una bella collana di libri per ragazzi. Quel libro mi trasportò verso oceani favolosi, era un vento che non gonfiava solo le vele del vascello salpato alla ricerca del tesoro ma muoveva soprattutto le ali dell'immaginazione. Seguendo la fantasia, ma confidando nel principio di realtà, cercavo quell'isola sul mio atlante, che fu l'altro libro "magico". Era l'atlante De Agostini.

L'unica rappresentazione geografica che fino allora conoscevo era il disegno dell'Italia, lo stivale. Ma ora era diverso, avevo il mondo davanti a me. Sulla prima tavola dell'atlante, il globo diviso in due come un'arancia, poi le tavole successive dei vari continenti. Si cominciava con l'Europa, poiché secondo gli europei il mondo comincia dall'Europa. Del resto quell'atlante non poteva certo avere accolto l'antropologia culturale, cioè l'idea del relativo. La cosa che mi affascinava di più era che sulla pagina di destra veniva raffigurato un continente e su quella di sinistra una serie di fotografie "rappresentative" del continente in questione. Ne ricordo qualcuna per l'Europa: il Colosseo, la Torre Eiffel, la Sirenetta di Copenaghen, il Ponte di Londra. Per l'Africa c'erano fra l'altro: le piramidi, il Kilimangiaro, una moschea del Marocco, una città d'argilla del Mali. Per l'Asia, il porto di Singapore, una pagoda di Tōkyō e una veduta di Samarcanda. Per l'Oceania, ricordo il porto di Sydney e il volto di un uomo con un osso infilato nel naso. Era quello, il mondo. E quella è stata la mia prima idea della Terra. Per me era immutabile e sicura, perché da un lato c'era la rappresentazione astratta della sua forma geografica e dall'altro le immagini fotografiche, il "contenuto". Ho ancora quell'atlante e recentemente m'è capitato di guardarlo. Curioso: è ormai inutilizzabile, come un orario scaduto delle ferrovie; se lo si volesse usare come guida sarebbe come prendere un treno per recarsi in una città e arrivare in un'altra.

Perché conservare quell'atlante? Certamente non per nostalgia. Per me, che non ho mai preteso di insegnare niente a nessuno se non gli strumenti di lavoro per ricostruire filologicamente un testo letterario, quell'atlante costituisce un prezioso strumento didattico. Lo tengo da parte per i miei nipoti affinché non pensino, come pensavo io allora, che il mondo sarà sempre quello che conoscono; affinché si rendano conto che la rappresentazione del mondo è relativa, che i colori delle carte geografiche cambiano, un paese che era colorato di rosso diventa bianco, uno che era giallo diventa verde, uno che era grande diventa piccolo, le frontiere si spostano e i confini sono mobili. Restano il corso dei fiumi, l'altezza dei monti e la linea delle coste, ma se ora appartengono a un paese poi possono appartenere a un altro. Le sole "frontiere" che non cambieranno mai sono quelle del corpo umano e ciò che esso prova se esse sono violate.

«Nulla è cambiato. / Tranne il corso dei fiumi, / la linea dei boschi, del litorale, di deserti e ghiacciai. / Tra questi paesaggi l'animula vaga, / sparisce, ritorna, si avvicina, si allontana, / a se stessa estranea, inafferrabile, / ora certa, ora incerta della propria esistenza, / mentre il corpo c'è, e c'è, e c'è / e non trova riparo».

È l'ultima quartina di una poesia di Wisława Szymborska, *Torture*.
La prima dice così:
«Nulla è cambiato. / Il corpo prova dolore, / deve mangiare e respirare e dormire, / ha la pelle sottile, e subito sotto – sangue, / ha una buona scorta di denti e di unghie, / le ossa fragili, le giunture stirabili. / Nelle torture, di tutto ciò si tiene conto» (trad. di Pietro Marchesani).

II.
Viaggi mirati

Il treno per Firenze

Quand'ero bambino avevo uno zio che mi portava a Firenze. Di lui conservo un ricordo bellissimo. Era un giovanotto allegro e curioso, amava l'arte e la letteratura e in segreto scriveva commedie. Aveva deciso che doveva dare un'educazione estetica ai suoi nipoti, e io ero il suo unico nipote.

Noi venivamo dalla campagna pisana, e a quel tempo andare a Firenze era un vero viaggio. Ci si alzava all'alba, si prendeva una vecchia corriera che ci portava a Pisa e lì aspettavamo il treno per Firenze. Ricordo ancora quelle mattine di viaggio, il caffellatte bevuto in cucina con la luce accesa, perché d'inverno era ancora buio, il panino mangiato in treno, le cose che mio zio mi raccontava mentre dal finestrino sfilava il paesaggio.

Parlava di nomi per me magici, di cose che avrei visto quel giorno. E diceva: il Beato Angelico, Giotto, Caravaggio, Paolo Uccello. Mangiando il panino pensavo a quel Beato che dipingeva angeli e che aveva affrescato il convento per la felicità dei suoi confratelli. Giotto invece era la marca delle mie matite, e finalmente avrei visto l'O di Giotto, che era la cosa più perfetta del mondo.

E poi si arrivava a Firenze, e giravamo a piedi per la città. Guardavo gli enormi soffitti degli Uffizi, quei quadri misteriosi, quelle tavole impressionanti. Per mano a mio zio camminavo nel corridoio del Vasari. Questo è un luogo sacrosanto, mi diceva. Dopo si andava in via Ghibellina, in una vecchia trattoria. E mio zio mi chiedeva: vuoi assaggiare la trippa? E da lì si andava a San Marco, a vedere il Beato. Beato lui, pensavo, che vedeva gli angeli. Io non ero mai riuscito neppure a vedere il mio angelo custode, eppure la sera, prima di andare a letto, mi giravo alla svelta pensando di sorprenderlo, o mi guardavo di spalle allo specchio. E chiedevo: zio, come si fa a vedere gli angeli? E lui mi rispondeva: bisogna saper tener il pennello per vedere gli angeli. Che frase misteriosa. La rimuginavo fra me e me, aggirandomi nelle celle del convento di San Marco.

Pisa. Dove Leopardi rinacque

Fra le cosiddette "città d'arte" italiane che sono meta di intenso turismo soprattutto in estate, Pisa, con Firenze e Siena, è una delle più visitate in Italia. La torre pendente è celebre in tutto il mondo e secondo una statistica è l'immagine italiana più celebre dopo il volto della Gioconda. In effetti il complesso formato da torre, duomo e battistero, disposti con sapienza geometrica sul verde di un immenso prato delimitato dalle mura medievali, costituisce una perfezione architettonica che ben merita il nome di piazza dei Miracoli.

La fretta dei nostri tempi obbliga il viaggiatore a visite sempre più rapide e mirate: vista l'icona principale e scattata la fotografia di rito, l'automobile o il bus inghiottono il turista per altre destinazioni. Eppure anche il viaggiatore frettoloso o obbligato ad orari di gruppo può permettersi in pochi minuti una piccola deviazione e percorrere, a non più di cinquecento metri di distanza dalla celebre piazza, una deliziosa stradina per lo più ignota al turista. Dalla adiacente piazza dell'Arcivescovado si può imboccare infatti via della Faggiola, sulla quale si affacciano antiche case e palazzi signorili. Quasi alla fine, prima di sbucare nella piazza dei Cavalieri, una lapide di marmo sulla facciata del palazzo che appartenne alla famiglia Soderini ricorda che Giacomo Leopardi, loro ospite, qui trascorse quasi un anno, dall'autunno del 1827 all'estate del 1828.

Pisa fu cara a Leopardi, e la città gli riservò una calda ospitalità. Leopardi ne amò il clima e i Lungarni, che preferì a quelli di Firenze. In una lettera a Giampietro Vieusseux scrive: «L'aspetto di Pisa mi piace assai. Quel lung'Arno, in una bella giornata, è uno spettacolo che m'incanta: io non ho mai veduto il simile». Gli piacquero la schiettezza delle persone e l'ambiente cosmopolita favorito dall'antica università che aveva attirato esuli e patrioti greci e polacchi. Attraversava allora un periodo di grande sconsolatezza e di inerzia creativa: a Pisa sentì il cuore battere di nuovo e le emozioni che tornavano. Forò il bozzolo della depressione (di questo si trattava, probabilmente) e rinacque a nuova vita, quella "vita del cuore", come lui la chiamò, che conduce alle sue composizioni poetiche più mirabili. A Pisa scrisse *A Silvia* e *Il risorgimento*, perché fu ben consapevole del proprio risorgere. «Dopo due anni», confida alla sorella Paolina, «ho fatto dei versi quest'Aprile; ma versi veramente all'antica, e con quel mio cuore d'una volta».

Nel 1998, per le celebrazioni del bicentenario della nascita del poeta, una grande studiosa di Leopardi, Fiorenza Ceragioli, in collaborazione con un bibliofilo e bibliotecario di vaglia come Marcello Andria, aveva organizzato a Palazzo Lanfranchi, su quei Lungarni così amati da Leopardi, una straordinaria mostra documentaria dedicata al poeta, *Leopardi a Pisa*. Vi figuravano documenti, ritratti, schizzi, taccuini, oggetti, dipinti, e soprattutto lettere autografe e manoscritti delle poesie pisane. Il catalogo ovviamente non è più in commercio, ma con un po' di fortuna si può ancora trovare. In una strada adiacente a via della Faggiola, accanto alla Facoltà di Lingue e letterature straniere, ci sono un paio di librerie antiquarie. Chissà che il turista evaso per pochi minuti dal percorso prestabilito non ritorni al suo autobus con un cimelio.

Parigi. Delacroix a casa sua

Nel cuore di Saint-Germain-des-Prés, poco prima di sboccare nella rue de Seine, la rue Jacob (una delle più attraenti della vecchia Parigi, dove si trovano case editrici, librerie e gallerie d'arte) si apre in una piccola piazza con una sua atmosfera segreta, forse perché gli autobus dei turisti qui non possono arrivare: place de Furstenberg. Circondata da case di aspetto elegante, la piazza è stata ritoccata di recente con un restauro che ne ha rimesso a lustro l'antica bellezza. Su un lato, anch'essa restaurata nel cortile lastricato e negli interni settecenteschi, c'è la casa-museo di Eugène Delacroix. Il pittore vi abitò negli ultimi anni della sua vita e nel giardino retrostante fece costruire il suo atelier che forse è il luogo più affascinante di tutta la casa.

Tutte le guide turistiche vi diranno che le opere di Delacroix esposte nel museo di place de Furstenberg sono opere "minori", dato che le "maggiori" si trovano al Louvre, ma non è detto che una perla non possa valere un intero diadema. Delacroix è senza dubbio il maggiore pittore del romanticismo francese, attratto dalla mitologia e dagli eventi storici che ritrasse in tele "titaniche" (la più celebre fra tutte *La Liberté guidant le peuple,* con una Marianna dai rigogliosi seni nudi che brandendo il vessillo nazionale attraversa intrepida barricate e cadaveri). È una tela magniloquente e retorica che è diventata la "carta da visita" di Delacroix, ma più che una pittura quella tela in cinemascope è un'epoca storica: siamo nel 1830, Napoleone è morto da dieci anni, sull'Europa soffia il vento restauratore del Congresso di Vienna che ha ripristinato i Borboni in Francia, il Regno delle Due Sicilie, lo Stato della Chiesa; Chopin è esule in Francia, Mazzini in Svizzera e l'Impero ottomano domina la Grecia dove Byron è morto eroicamente. Fra le opere "maggiori" esposte al Louvre, al posto delle imponenti tele storiche come questa, la mia predilezione va piuttosto alla tela con la tigre e il cucciolo, degna di un pittore visionario, all'insolita natura morta "carne e pesce" (l'aragosta accanto al fagiano) o a *La palette de l'artiste*, geniale autoritratto. Perché credo che dipingendo la sua tavolozza Delacroix abbia dipinto se stesso. La vetusta modella la potrete trovare intatta nell'atelier del museo di place de Furstenberg.

Oltre alla tavolozza, chi coltivi quel minimo di feticismo che i grandi artisti meritano, troverà nella casa di place de Furstenberg molti altri oggetti da ammirare: soprattutto gli strumenti musicali e gli utensili che Delacroix raccolse in un lungo viaggio in Andalusia, Marocco e Algeria, un viaggio che influenzò molto la sua pittura. Attento osservatore della luce e degli intensi colori del Sud, ritrasse i paesaggi della Spagna meridionale e del Maghreb in acquarelli di una modernità straordinaria, che sfiorano l'astrazione e che sembrano preludere a Paul Klee. Anche le figure che popolano alcuni di quei paesaggi sono bellissime, soprattutto le donne, molte donne, ritratte nella loro sensualità e spesso in atteggiamento malinconico. In Marocco Delacroix aveva avuto il privilegio di entrare in un harem (viaggiava con una missione diplomatica in visita al sultano) e la tristezza di quelle donne prigioniere gli provocò un'emozione profonda. Chi capì l'importanza capitale che quel viaggio ebbe sulla sua pittura fu l'amico Baudelaire, grande sostenitore della novità di Delacroix rispetto al classicismo formale allora in auge (Ingres, per esempio, per il quale Delacroix nutrì una palese e comprensibile avversione peraltro ricambiata).

Sulla propria esperienza Delacroix scrisse un diario che è uno dei più affascinanti libri di viaggio dell'Ottocento francese. Era anche uno scrittore di talento, e i suoi testi sulla pittura e sull'arte rivelano una mano letteraria insolita per chi è avvezzo ai pennelli. Le sue considerazioni sulla musica sono stupefacenti, e spiegano la sua grande amicizia con Chopin, del quale ha dipinto il più bel ritratto in assoluto. Molte sue pagine manoscritte sono leggibili sui mobili o alle pareti del piccolo museo di place de Furstenberg, un luogo di una ricchezza che la grande porta carraia in un angolo della piazzetta non farebbe sospettare.

Il Jardin des Plantes

L'idea di questa meraviglia di Parigi venne nel 1626 a Jean Héroard, medico di Luigi XIII, eruditissimo uomo di scienza autore fra l'altro di un sapido diario sull'infanzia e giovinezza del re che deliziò Carlo Emilio Gadda. Héroard concepì l'Orto botanico per gli studenti di Medicina dell'epoca, e Luigi XIII, che secondo Gadda «aveva il gusto delle piccole occupazioni, anche perché Richelieu non gli permetteva di occuparsi seriamente delle cose troppo serie» (*I Luigi di Francia*, 1964), vi creò prontamente una carica di sua nomina, un "Droghiere del re". Ma affinché il Jardin des Plantes diventi lo splendore quale è oggi bisogna aspettare un centinaio d'anni, il regno di Luigi XV e il più grande scienziato della sua epoca, Georges-Louis Leclerc, conte di Buffon, finissimo uomo di lettere, naturalista, biologo, astronomo. La sua visione della natura preparò la via a Darwin e alle teorie dell'evoluzionismo.

Bellissimo in primavera e in estate, il Jardin è luogo di grande fascino anche in inverno per il contrasto fra il paesaggio naturale dell'esterno e i grandi padiglioni riservati alla vegetazione tropicale. Consiglierei l'entrata dalla rue Cuvier, intitolata a uno dei naturalisti che costruirono l'Orto, perché vi si trova un padiglione speciale che merita, come si vedrà, una visita speciale. Una pianta dettagliata dell'enorme geografia di tutto il Jardin è offerta alla cassa della *Ménagerie*, che segna anche l'entrata del più antico zoo pubblico del mondo, peraltro evitabile (se si pensa alla fine che fu riservata agli antenati di quegli animali in un certo momento della storia parigina, la voglia di evitarlo diventa ancora più forte: nel 1870, durante l'assedio di Parigi, quasi tutti gli animali furono mangiati e figuravano esplicitamente sui menu dei grandi ristoranti della città. Il punto di ristoro è comunque frequentabile e il panino al *jambon de Paris* è al di sopra di ogni sospetto).

Dopo una sosta alla statua di Bernardin de Saint-Pierre, pioniere della festa di San Valentino e inventore di due cuori e una capanna riservata agli innamoratini eterni Paul e Virginie, si entra nel Giardino d'Inverno con annessa serra messicana popolata di banani, bambù e arbusti arborescenti amazzonici. Se fuori fa freddo (e in inverno a Parigi fa freddo), non solo si potrà godere il privilegio di un'illusione tropicale, ma per la modica spesa del biglietto d'ingresso anche gli autentici benefici del clima tropicale (o bagno turco che sia), perché un igrometro segna un'implacabile umidità costante al 90 per cento. I visitatori più agili potranno arrampicarsi sulla grande roccia in fondo al padiglione che offre una splendida vista dall'alto e consente di accedere al padiglione dei cactus (in assoluto il locale più "piccante" di una città celebre per i suoi locali notturni).

Data la vastità del Jardin bisogna fare scelte radicali, a meno che non vi si vogliano trascorrere giornate intere. Credo si possa restare affascinati dalla Galleria di mineralogia, dove si trova la più grande collezione al mondo di cristalli giganti. Nel sottosuolo c'è la cosiddetta Sala del Tesoro, che ospita straordinarie pietre preziose provenienti da antiche collezioni regali. Altra galleria inevitabile è quella di Paleontologia e Anatomia comparata. L'architettura in ferro tipica della fine dell'Ottocento vale da sola la visita, ma gli amanti dei dinosauri e delle altre creature che una volta popolarono la Terra troveranno qui quello che fa per loro. Il visitatore con predilezione per la letteratura fantastica avrà due belle sorprese: lo scheletro del Coelacanto, pesce che i paleontologi credevano scomparso da sessantacinque milioni di anni e che invece è stato ritrovato vivente nelle profondità di qualche lago andino (su questo essere sottomarino il poeta portoghese Herberto Helder ha scritto uno dei suoi racconti più belli nel libro *Os passos em volta*, I passi intorno); e, cercando bene, si potrà trovare anche un'altra strana creatura acquatica, l'Axolotl, soggetto dell'omonimo racconto fantastico di Julio Cortázar (nella raccolta *Final del juego*). Storia di un'involuzione biologica, il racconto di Cortázar comincia così: «Ci fu un'epoca in cui pensavo molto agli Axolotl. Andavo a vederli nell'acquario del Jardin des Plantes, e mi fermavo ore intere a guardarli, osservando la loro immobilità, i loro oscuri movimenti. Ora sono un Axolotl».

Per calmare il turbamento (o accrescerlo) sulla bizzarria delle leggi della biologia che Cortázar ci ha inoculato, è consigliabile visitare la Grande galleria dell'evoluzione. Impossibile da descrivere. La visita è consigliabile non solo a chi ha fatto studi normali, ma soprattutto a coloro che sono stati sedotti dalle teorie biblistiche provenienti dalle sette creazioniste del Far West di George Bush o dalle credenze del Vaticano. Chissà che il visitatore non cominci a sospettare che ci sono voluti milioni di anni affinché diventassimo così intelligenti e così stupidi.

Sulla via del ritorno una sosta obbligata al padiglione Becquerel. In quelle stanze il fisico Henri Becquerel nel 1896 scoprì la radioattività attraverso i sali di uranio. Becquerel (che oggi è diventato un'unità di misura) nel 1903 ricevette il Nobel insieme ai coniugi Curie. Era un ottimista: con gli altri due grandi scienziati aveva indirizzato la sua scoperta "a beneficio dell'Umanità".

Gli effetti malefici si sono visti con Hiroshima e Nagasaki. La Scienza, com'è noto, di per sé è imparziale, tutto dipende dall'uso che se ne fa. In attesa degli usi futuri conviene prendere il metro per tornare in centro, stazione Jussieu o Gare d'Austerlitz, a vostra scelta.

Sète. Il cimitero marino

Ecco Sète, cittadina costiera della Linguadoca, a due passi dalla medievale Montpellier dove fu medico Rabelais ed elegante centro di vacanza che vanta una spiaggia di sabbia finissima lunga una quindicina di chilometri.

Un luogo imprescindibile di Sète è il museo dedicato a Paul Valéry, al quale la cittadina dette i natali. E all'interno del museo, come una piccola gemma incastonata nel gioiello principale, il "museino" dedicato a un altro poeta, lo *chansonnier* Georges Brassens, anch'egli nativo di Sète. Una coabitazione davvero degna della solida democrazia francese: il borghese conservatore Valéry, fotografato nei suoi impeccabili panciotti e l'uniforme di accademico, e l'anarcoide Brassens, le maniche della camicia arrotolate e la chitarra fra le mani, che nelle sue canzoni tanto irrise la borghesia.

Ma i musei, dove necessariamente si deambula, non sono ideali luoghi di sosta. «Per pensare, o ancor meglio per fantasticare più nobilmente, bisogna star seduti», diceva il filosofo spagnolo Eugenio D'Ors, esteta pigro. La vera sosta che propongo al viaggiatore in cerca di un angolo dietro l'angolo, è sopra la città di Sète, sulla collina, nel cimitero dove Paul Valéry è sepolto e che ormai è conosciuto dal titolo del suo poemetto più celebre: *Le cimetière marin*, Il cimitero marino. Se come il filosofo spagnolo siete anche voi degli esteti pigri, con un taxi lo raggiungerete in pochi minuti. Se avete le gambe buone è necessaria una bella scarpinata, dopo la quale la sosta vi risulterà ancora più gradevole.

La prima cosa da gustare è il silenzio: ovviamente cimiteriale. Si è spento il brusio di Sète, il cicaleccio della passeggiata a mare, il rumore degli zoccoli dei villeggianti sul selciato. Ogni tanto il fischio di una sirena di un battello (Sète è anche un importante porto commerciale); ma soprattutto, davanti al vostro sguardo, l'azzurro del mare e l'ampio orizzonte, quella "mediterraneità" solenne e un po' pagana che è uno degli elementi fondamentali della poesia di Valéry.

Per i francesi, Paul Valéry (1871-1945) è un poeta di grandezza pari a quella di Mallarmé, che fu il suo mentore. Classificazioni difficili da fare. Certo è che la sua poesia è come "turbata" da una prevalenza di lucidità e di ragione che a volte sembra rinnegare la natura stessa della poesia. Del resto la tormentata "notte di Genova" alla fine degli anni Novanta (Valéry era di madre italiana), come risulta dalla sua biografia, nella quale decise di abbandonare la "nebulosa" poesia a favore della lucida speculazione filosofica, ne fa anche una grande figura di intellettuale.

Di questa sua scelta a favore dell'intelletto "puro", che nel rifiuto dell'emozione appare più volontaristica che autenticamente intellettuale, deriva la sua dedizione allo studio delle matematiche e un esemplare libriccino, *La soirée avec M. Teste*, che Vittorio Sereni anni fa pubblicò nelle sue "Silerchie" del Saggiatore (fra parentesi: se i francesi avessero un poeta come Sereni, chissà che museo gli avrebbero fatto), e che è il personaggio che dovrebbe rappresentare l'uomo assolutamente padrone della propria vita mentale.

All'epoca di Valéry i grandi studi neurologici sull'interazione dei due lobi del cervello, quello delle emozioni e quello della logica (per esempio gli studi di Sacks o di Damasio, quest'ultimo con il suo *L'errore di Cartesio*), erano di là da venire, ed è comprensibile che un francese di formazione illuminista come Valéry privilegiasse i "lumi" della logica. Che poi si dimostrò meno logica di quanto pensava, visto che la sua simpatia andò (seppur con moderazione) a personaggi politici non proprio esemplari, tipo Mussolini. Per fortuna ritornò alla poesia nel 1917 con il poemetto *La giovane Parca* e poi, nel '20, con *Il cimitero marino*.

«Questo tetto tranquillo, dove camminano colombe, / palpita tra i pini, tra le tombe; / l'esatto mezzogiorno vi accende di fuochi / il mare, il mare che sempre si ripete» (così traduco *Midi le juste* e *La mer, la mer toujours recommencée*, sempre tradotti con "meriggio il giusto" e "il mare sempre ricominciato" che non ho mai capito bene cosa vogliano dire in italiano). È l'incipit del poemetto. La monotonia dell'universo, forse, o anche "la commerciale puntualità degli astri", come la definì Drummond de Andrade. O ancora i presocratici che tanto amò Valéry? Anassimandro e il suo eterno ritorno? Forse.

Sono pensieri cui abbandonarsi a palpebre semichiuse, perché la luce mediterranea è abbagliante, e la questione è complicata. Ci vorrebbe un intelligentone come Monsieur Teste, ma chissà dov'è finito nel frattempo. Forse è meglio lasciar perdere, perché intanto siete seduti su una antica lapide di marmo, che opportunamente rinfresca la sudata natica, anche la brezza è fresca e il vostro sguardo si perde fra le piccole onde sempre uguali del mare. E magari vi sentite proprio bene. Che poi è la cosa più importante.

Mougins. La Provenza amata da Picasso

A due passi da Cannes ma in collina, oltrepassata la barriera di cemento che ormai caratterizza la Costa Azzurra da Mentone fino quasi a Cap d'Antibes, vi aspetta uno dei villaggi più belli della Provenza: Mougins. La stazione di Cannes è a una ventina di chilometri, e si può fare in taxi, ma se viaggiate in macchina, prendete l'autostrada A8, uscita 42, sarà facilissimo arrivare al villaggio. Adagiato su una collina, attorniato da una campagna di pini e di lavanda, la prima impressione entrandovi a piedi (il parcheggio è rigorosamente fuori dall'abitato), soprattutto se si viene da un paese dove i cosiddetti beni culturali sono ridotti male, è che il villaggio sia stato conservato sottovetro e che a penetrare la struttura urbanistica a chiocciola in cui è raccolto si corra il rischio di rovinare il prodotto.

A "scoprire" Mougins negli anni Trenta fu quel genio di Picasso, che vi aprì casa e vi installò il suo atelier trascinandovi poi Éluard, Man Ray, Cocteau e gli altri della banda. A Mougins Picasso tornò a rifugiarsi nei suoi ultimi anni, dipingendovi quegli straordinari quadri, vere e proprie esplosioni di colori e di vitalità, che costituiscono uno degli omaggi più sensuali al paesaggio di Provenza. Vicino a Porte Sarrazine, in quello che fu l'Hôtel Les Muscadins c'è ora un museo fotografico a lui dedicato, con un centinaio di immagini degli anni Cinquanta scattate da André Villers, Robert Doisneau, Jacques Henri Lartigue e Edward Quinn. In paese si racconta che quando Picasso arrivò e prese una camera nel piccolo albergo, in una notte di incontenibile estro ricoprì di pitture le pareti della sua stanza, e che il padrone, ignorante, lo obbligò a riparare "i danni". Probabile leggenda metropolitana (seppure paesana).

Situata sulla strada della ricca Grasse, dunque attraversata da commerci, in epoca medievale Mougins fu evidentemente abitata da persone facoltose. Lo testimoniano le dimore dalle facciate aristocratiche, le eleganti fontane, la bella chiesa romanica. I caffè e i ristorantini vecchio stile, con il bancone di ottone e le sedie di paglia in terrazza, mantengono l'atmosfera di un tempo. La cucina provenzale è di prima qualità; i due o tre piccoli alberghi, vecchiotti anch'essi, sono *de charme*, come piace ai francesi. Le due o tre botteghe d'arte (stampe, cornici, ninnoli, souvenir) di sobria raffinatezza. Un emporio di prodotti locali (olio d'oliva, flaconi di lavanda, miele, dolciumi) è una tentazione a cui bisogna cedere. Ma il "prodotto" migliore è il silenzio, e ovviamente è gratuito. Una delle viuzze più belle è la rue des Orfèvres, dove nel Seicento c'erano le botteghe degli artigiani, celebre quella dell'orefice Bernardin Bareste che batteva le monete d'oro per l'abbazia di Lérins. Nella piccola place des Mûriers si erge la vecchia torre in cui pare abitasse il barbiere che ebbe il rischioso compito di radere il brigante Gaspard de Besse (peraltro dal cuore d'oro), che compare anche nel *Maurin des Maures*.

Oltre che una giornata, anche passare una notte a Mougins può essere estremamente piacevole. Per chi preferisse non soggiornare in uno degli eleganti *hôtel de charme* del villaggio, a tre o quattro chilometri, sulla strada per Cannes, c'è l'Hôtel de Mougins, immerso in un rigoglioso giardino, con una bella piscina e vaste stanze. Lo *charme* forse è minore, ma c'è l'aria condizionata, che nel sud della Provenza in certe stagioni è preferibile.

Madrid e dintorni: Goya oltre il Prado

Madrid non compare fra le destinazioni delle cosiddette "vacanze intelligenti" suggerite di solito dalla stampa che parla di viaggi. D'estate fa molto caldo, si dice, la città è deserta, relativamente pochi gli svaghi. E allora perché, vi chiederete, a Ferragosto si sente così tanto parlare italiano nel Museo del Prado? Probabilmente perché ci sono turisti intelligenti che senza che nessuno glielo debba suggerire hanno scelto per destinazione una delle più belle capitali d'Europa. E fra le più gradevoli. È vero, in agosto a Madrid fa caldo; ma non è il caldo umido di Milano o di Firenze né si deve aspettare la sera per il mitico ponentino di Roma. Passate le ore più feroci si esce nell'aria asciutta e gradevole della *meseta*, si cena con una tazza della minestra fredda più sapiente del mondo (il *gazpacho*) e si va a fare qualcosa di intelligente. Per esempio una visita al Prado.

So per esperienza che le sale più frequentate dal visitatore italiano sono quelle di Goya. Dopo l'obbligatoria visita alle pitture di Velázquez, "el maravilloso", vedi i visitatori entrare nelle sale di questo pittore sconcertante che è praticamente tutto qui, al Prado.

Francisco Goya y Lucientes è il maggior pittore del

Settecento, "a cavallo", come si dice, dell'Ottocento. Ogni secolo ha il pittore che gli si addice. Due secoli prima l'Italia aveva avuto Leonardo e Michelangelo, ma allorché in altri paesi d'Europa, Italia compresa, imperava un neoclassicismo di maniera, la Spagna ebbe questo pittore visionario, dotato di un pennello portentoso, che fissò lo sguardo sugli orrori del suo tempo e della condizione umana in generale. E li dipinse. Agli appassionati di questo grande artista consiglio una piccola gita appena fuori città fino all'Ermita di San Antonio de la Florida, raggiungibile facilmente.

Laddove la città si stempera nella campagna, sulle rive del Manzanarre, fiume celebrato dai poeti (nonché dalle canzoni repubblicane della Guerra Civile) dove le famiglie madrilene ancora oggi amano fare la gita domenicale, sorge il piccolo eremo commissionato da Carlo IV all'architetto italiano Filippo Fontana nel 1798. Costruito su modello rinascimentale con pianta a croce greca e cupola centrale, nasconde all'interno della cupola gli affreschi di Goya (i cui resti mortali vi furono traslati nel 1919) che vi dipinse un fatto meraviglioso, un curioso miracolo: Sant'Antonio che risuscita un uomo assassinato per interrogarlo provando così l'innocenza del di lui padre ingiustamente accusato della sua morte. La scena occupa tutta la cornice della cupola al cui apice è dipinta un'apoteosi di angeli, ma i protagonisti della scena principale che si affacciano a un balcone di ferro dipinto lungo tutto l'anello hanno i volti di persone comuni, volti di strada. La scena religiosa si trasforma così, lassù in alto, in una scena popolaresca, quasi si trattasse di una fiera di paese o di gente che fa un pellegrinaggio. Questo spostamento di piani (l'elemento terreno collocato all'altezza del divino) provoca un effetto quasi di spaesamento. C'è un vasto fondo di cielo azzurro, nuvole e alberi al vento; bambini che giocano sulla balaustra, popolane che parlano fra di loro, uomini assorti in preghiera e altri gesticolanti. Nella concezione spaziale riconoscerete il Tiepolo, ma è come se nel sublime azzurro del Tiepolo fosse stata proiettata la miseria umana. Un consiglio pratico: munitevi di un binocolo.

Fuori della basilica, sulla sinistra, a pochi passi, c'è una vecchia *fonda*, cioè una trattoria popolare. Si mangia a tavoli di legno grezzo senza tovaglia, segnati da innumerevoli cerchi di bicchieri che da anni vi sono stati posati prima del vostro. Ci sono molte famiglie madrilene con bambini, regna un'atmosfera allegra e una simpatica confusione. Vi si beve un sidro di ottima qualità che l'oste spilla direttamente dalla botte. Si sta bene.

L'Escorial

Si racconta che quando Filippo II di Spagna incaricò Juan Bautista de Toledo e Juan de Herrera di disegnare il progetto del palazzo reale e del monastero dell'Escorial, abbia detto: «Fatemi un edificio che faccia dire ai posteri che eravamo pazzi».
A differenza dei veri pazzi di cui è ricca la Storia, che hanno cercato di imprimere la loro pazzia sui marmi degli edifici, Filippo, ricevendo il trono da suo padre Carlo V ritiratosi prematuramente nel Monastero di Yuste, si rendeva conto di dover erigere un "monumento" che affermasse la grandezza della Spagna (dopotutto sul suo impero non tramontava mai il sole: era re di Spagna e delle Indie Occidentali, di Napoli, di Sicilia, di Milano e dei Paesi Bassi), e l'affermasse anche quale invalicabile barriera cattolica alla Riforma protestante. Diciamo che per motivi contingenti "gli correva l'obbligo" di essere megalomane, ma della sua megalomania era perfettamente consapevole. Insomma, colui che afferma di essere pazzo la sa lunga, come recita un proverbio gitano.
L'Escorial sorge a una cinquantina di chilometri da Madrid, sulla costa della Sierra del Guadarrama, e domina l'ameno villaggio di San Lorenzo dell'Escorial che con i se-

coli gli si è andato creando intorno. Dal centro di Madrid si raggiunge facilmente con un comodo treno. Il luogo è il perfetto "buen retiro" per il viaggiatore che desideri disintossicarsi dallo stress cittadino: boschi solenni, abitazioni di sobria eleganza con tetti di lavagna di tipo alpino (in inverno nevica molto), piazze dove giocano bambini e dove le persone si ritrovano per chiacchierare. Visto da fuori l'edificio, mastodontico e severo, ha un aspetto arcigno (la pianta architettonica riproduce una graticola in ricordo del supplizio di San Lorenzo, martire fatto bruciare sui carboni). Le meraviglie stanno all'interno, ed è dunque consigliabile pagare il biglietto completo (se ne può pagare uno parziale) per visitare tutto il monastero: la basilica, le Sale Capitolari, il pantheon, la biblioteca e le gallerie delle pitture. L'ultima pietra dell'edificio fu collocata nel 1584, ma i lavori d'arredo li volle condurre personalmente Filippo II che si era affezionato alla sua "pazzia" e che qui trascorse lunghi periodi fino alla morte nel 1598.

Filippo dominava il mondo intero, ma del mondo amava la varietà delle culture: ne è esempio la ricchissima biblioteca (oltre quarantamila volumi) con manoscritti, incunaboli e cinquecentine in greco, ebraico e arabo, fra cui un prezioso Corano miniato del decimo secolo. Gli affreschi michelangioleschi del soffitto della biblioteca sono del Tibaldi, mentre quelli delle volte della basilica e della galleria delle battaglie sono del Cambiaso e del Giordano. Ma le emozioni estetiche più forti vi attendono nella galleria delle pitture: un'*Assunzione* del Veronese, stupefacente, con l'Angelo che regge un giglio dell'altezza di un abete. E un Velázquez che a una prima occhiata sembra un Piero della Francesca e che però è anche un Velázquez che di più non si può. E poi un Tiziano. Un Tiziano così sublime (un'*Ultima cena*) che la sua unica descrizione è l'aggettivo "sublime". In una delle cappelle c'è un gioiello inatteso: un crocifisso in marmo bianco di Carrara inchiodato a una croce di legno nero. Il Cellini lo scolpì verso il 1560 per farlo collocare sulla propria tomba nella chiesa della Santissima Annunziata di Firenze, ma un signore dei Medici lo convinse a venderglielo per regalarlo al re di Spagna.

Per bilanciare la dose eccessiva di austerità e di sublime che la visita inevitabilmente comporta, una discesa a piedi fino al villaggio sottostante può essere d'aiuto. E una cena in una delle numerose trattorie della piazza ancora di più. La specialità di Madrid e dintorni sono i *callos* (la trippa): può controbilanciare il sublime in maniera egregia.

In terra basca per guardare il vento

Eduardo Chillida (San Sebastián, 1924-2002) è il più grande scultore spagnolo del Novecento e uno dei maggiori in Europa. Probabilmente avrebbe avuto una vita da brillante calciatore (a vent'anni era portiere titolare della Real Sociedad, la grande squadra di calcio di San Sebastián) se una lesione al ginocchio non l'avesse costretto all'immobilità. Nella vita ci sono contrarietà che a volte sono provvidenziali. Studente di architettura, appassionato di scultura, cominciò a lavorare con le mani, e invece di parare palloni diventò il grande artista che tutto il mondo conosce.

Nella campagna di Hernani, nei pressi della città dove visse e dove lavorò, in età matura acquistò una fattoria dove si ritirò a vivere, ristrutturò l'antico *baserrí* sulla cui facciata spicca un bellissimo blasone di pietra (il *baserrí* è la tipica casa padronale delle fattorie basche, dalle pareti di granito e il tetto inclinato), lisciò con verdi prati le colline che la circondavano e vi installò le sue monumentali sculture di acciaio, alabastro e granito. Oggi quello che fu il sogno della sua vita e che riuscì a realizzare è uno dei regali più belli che un artista possa aver lasciato al suo paese. Il Chillida-Leku è un immenso museo all'aperto, anche se la parola "museo" non gli si addice: è piuttosto uno spazio, un luogo in cui muoversi e passare del tempo, dove la natura e l'arte si combinano creando una sorta di magia che rapisce il visitatore. L'emozione estetica, fortissima, è stemperata da un grande senso di serenità: in quel luogo le figure umane rimpiccioliscono, lo spazio si ingigantisce, le proporzioni cambiano, e cambia in noi l'idea assurda di essere i padroni di questa Terra. I colori vibrano: il rosso e il grigio delle gigantesche sculture, il verde scintillante dei prati e quello scuro delle querce centenarie, l'azzurro intenso del cielo. L'umiltà ci raggiunge spazzando via l'arroganza con cui ci aggiriamo nell'urbe moderna.

A pochi chilometri c'è San Sebastián, con il suo aspetto intatto di elegante città balneare di principio del Novecento, il suo festival del cinema, le sue ville *Art nouveau*, l'immensa chiostra della spiaggia, i ristoranti di grande qualità (la cucina basca è celebre per la sua raffinatezza), gli stabilimenti balneari più belli d'Europa (ai bagni La Perla si può godere di una talassoterapia ineguagliabile). Dopo il grande incendio del 1813, il centro storico di San Sebastián fu ricostruito in stile neoclassico seguendo il tracciato medievale. Il cuore della città è diviso in due contrade: gli abitanti della zona circostante la chiesa gotica di San Vicente sono i Joshemaritarras, quelli della parrocchia di Santa Maria sono detti Koxkeros. Il centro urbanistico è la monumentale plaza de la Constitución (familiarmente "Costí"), dove una volta si tenevano le corride.

Un luogo da non perdere, dirigendosi verso il monte Urgull che domina la città, è il Museo San Telmo, in gran parte dedicato alla cultura basca e alle sue affascinanti e misteriose origini (amuleti magici, strane pietre tombali, strumenti musicali); una cultura bellissima che il fanatismo assassino dell'Eta rischia di rendere odiosa. E per gustare meglio il fascino delle leggende e delle tradizioni basche, portatevi dietro un libro di Bernardo Atxaga, il maggior scrittore di lingua basca e uno dei grandi scrittori spagnoli di oggi.

E tornati sul mare, dove ancora arriva la vecchia teleferica, appena fuori dalla grande spiaggia della Concha, troverete ancora Chillida. Inserite in due grandi speroni di roccia che si fronteggiano, due sculture dentate che si slanciano verso l'orizzonte vi sfidano a "guardare" il vento. Forse anche il vento ha una sua geometria, così deve aver pensato Chillida quando forgiò il *Pettine del vento* che si ammira davanti all'Atlantico, con la spuma delle onde che vi batte sul viso.

Barcellona. La piazza del Diamante

Chi visita Barcellona da turista deve necessariamente passare nei pressi di piazza del Diamante per raggiungere uno dei cimeli obbligatori della città, il Parc Güell, stupefacente vagheggiamento architettonico di Antoni Gaudí, il geniale architetto modernista la cui concezione dello spazio sembra appartenere più alle libere associazioni dello stato onirico che alle leggi di Euclide. Una visita che non lascia indifferenti, perché questo bizzarro parco, una sorta di *fantasy* dell'avanguardia catalana del primo Novecento, possiede un fascino non minore delle altre più note realizzazioni di Gaudí, come il Palazzo della Pedrera e la cattedrale della Sagrada Familia.

Piccolo distretto popolare e industriale noto per le sue tendenze anarchiche e repubblicane, il comune di Gracia fu incorporato nella municipalità di Barcellona alla fine dell'Ottocento. Delle sue origini sociali ha mantenuto un'architettura modesta e un'atmosfera popolare, con qualcosa di perduto e desueto, un sapore di periferia nel cuore di questa città di una vitalità straordinaria. Piazza del Diamante ("plaça del Diamant" in catalano) è una piccola piazza con un'aria vagamente malinconica che i recenti lavori di restauro non hanno cancellato, così come non ne hanno cancellato l'atmosfera dal tono crepuscolare.

Proprio in questo quartiere è ambientato il più bel romanzo della maggiore scrittrice catalana contemporanea, Mercè Rodoreda, che di questa piazzetta porta il titolo: *La piazza del Diamante* (1960), e che è senza dubbio uno dei grandi romanzi europei del Novecento. Tradotto ormai nelle lingue più importanti, ne esiste una traduzione in italiano davvero eccellente di Ana María Saludes i Amat, uscita da Bollati Boringhieri, di cui chiediamo a gran voce la ristampa.

Nonostante la stima critica di cui gode (García Márquez ha scritto una prefazione entusiasta per *La piazza del Diamante*), Mercè Rodoreda continua a essere una scrittrice per un cenacolo ristretto di ammiratori, una sorta di clan "carbonaro" esistente in diversi paesi. Ma perché non sentirsi dei "carbonari" in un mondo in cui la "norma" è rappresentata dai best seller? Forse è proprio per questo che voi siete arrivati in questa piccola piazza: perché per caso (quel caso che a volte guida le scelte migliori) avevate portato con voi il romanzo di Mercè Rodoreda. Narrato in prima persona dall'ingenua protagonista, Colometa (che alla lettera sarebbe "Colombina", ma che lascio in originale per non far pensare a Goldoni), una donna che affronta i drammi della vita e della Storia con inconsapevole eroismo, *La piazza del Diamante* è senza dubbio il romanzo più struggente sulle atrocità della guerra civile spagnola, proprio perché la guerra civile c'è, ma non se ne parla mai. Mercè Rodoreda è riuscita a mostrare la mostruosità della guerra senza parlarne direttamente, ma raccontandone gli "effetti collaterali" sulla povera vita di Colometa. Se eventualmente vi foste portati dietro il libro, una di queste panchine è il luogo ideale per cominciare a leggerlo, o a rileggerlo.

Dalla prima pagina: «Quando arrivammo in piazza la banda stava già suonando. La piazza era addobbata di fiori e festoni di carta di tutti i colori: formavano una specie di soffitto, una ghirlanda di fiori. (...) L'elastico della sottana, che mi aveva fatto dannare per infilarlo con una forcina che non voleva passare e fermato con un bottoncino e un'asola di filo, adesso mi stringeva troppo. Dovevo avere già un segno rosso alla vita, ma appena l'aria tornava a uscire dalla bocca l'elastico riprendeva a martirizzarmi. Intorno alla pedana della banda, c'era una siepe di asparagina che faceva da ringhiera ed era addobbata di fiori di carta legati da un fil di ferro sottile. E la banda era tutta sudata e in maniche di camicia. Mia madre morta da anni che non mi poteva più consigliare e mio padre sposato con un'altra. Mio padre sposato con un'altra e io senza mia madre, che viveva soltanto per me. E mio padre che si era risposato e io così giovane e sola nella piazza del Diamante, ad aspettare che sorteggiassero le caffettiere, e la Julieta che gridava perché la sua voce superasse la musica, non ti sedere che ti sgualcisci!, e davanti agli occhi le lampadine rivestite di fiori e le ghirlande incollate con un impasto di acqua e farina e tutta quella gente allegra e mentre stavo col naso per aria una voce vicino all'orecchio mi chiese, balliamo?» (la traduzione è ovviamente di Ana María Saludes i Amat).

Solothurn (Soletta), piccola città cosmopolita

Confederazione Elvetica, cantone di Berna, non lontano dalla zona dei tre laghi: Solothurn, conosciuta come Soleure in francese e Soletta in italiano, la più bella città monumentale della Svizzera. Dopo la fondazione dei Celti fu grande città romana e poi, rimasta cattolica dopo la Riforma, fu scelta come residenza degli ambasciatori francesi nella Confederazione Elvetica. La sua raffinatezza è debitrice del neoclassicismo illuminista francese e del barocco della Compagnia di Gesù, combinazione che ideologicamente fa a pugni ma che ha prodotto ottimi risultati estetici.

Il nucleo storico, situato sulla riva destra del placido fiume Aar, è legato dal Kreuzacker Brücke alla parte nuova della città, dove è situata la stazione ferroviaria e dove è consigliabile arrivare (le strade della Svizzera possono essere un tormento, ma i treni e i trenini sono sempre una delizia). E una volta scesi alla stazione, attraversato in poche centinaia di metri il benefico ponte, vi scorderete in un battibaleno della Neue-Solothurn.

Piccola città, ma cosmopolita e plurilingue (il tedesco prevale, il francese è molto parlato, l'italiano moderatamente praticato) vi verrà incontro con la settecentesca

St. Ursen Kathedrale situata in cima alla collina, che nonostante l'esemplare stile neoclassico con cui è descritta dai dépliant turistici locali manifesta una sfacciata influenza del barocco italiano. Oltre alle belle fontane ornamentali ci sono le statue dei santi patroni della città, Ursus e Victor, martiri cristiani in Solothurn quando vi piantarono campo i romani pagani. Ma le vere meraviglie di Solothurn si trovano nella città bassa: il Rathaus, oggi Palazzo comunale, barocchissimo fino al manierismo, la Jesuitenkirche, e finalmente la Zytglocke Turm. L'impressionante orologio astronomico del 1545, dal quale ogni ora si affacciano le figure della vita dell'Uomo, sembra farsi beffa dello sciocco luogo comune secondo il quale la Svizzera in mille anni di storia avrebbe inventato solo l'orologio a cucù: oltre a un'invidiabile democrazia che funziona come un orologio, la Svizzera, paese di alta ingegneria, produce notoriamente i migliori orologi del mondo, e alcune case prestigiose hanno la loro sede proprio a Soletta. Che però non offre solo orologi, ma anche una vivacissima cultura.

Prima di affrontare la visita, è consigliabile una sosta di "cultura materiale", che come insegnano Remo Ceserani e Lidia De Federicis (*Il materiale e l'immaginario*) conforta l'"immaginario". Per esempio una colazione al ristorante dell'Hotel Krone, dove la trota alle mandorle è eccellente. Poi si può andare per librerie, quelle nuove e quelle antiquarie, e le gallerie d'arte come una volta si vedevano a Milano, e il teatro, e le marionette e, se è epoca, gli incontri annuali di letteratura e di cinema.

Negli anni Sessanta i neoavanguardisti nostrani, nel filantropico intento di sprovincializzarci volevano mandarci a Chiasso. Già che c'erano potevano fare uno sforzo di qualche chilometro e mandarci a Soletta. Non essendo di frontiera, Soletta non è affatto chiassosa, anzi è piuttosto isolata come si addice al suo nome, ma in compenso molto più cosmopolita. E il giorno dopo (i posti eleganti e appartati possono annoiare, è risaputo), se uno non se la sente di fare un lungo viaggio fino a Lugano come è descritto nel bel romanzo di Giovanni Orelli, *Gli occhiali di Gionata Lerolieff*, si può sempre prendere un battello che naviga lungo l'Aar e arrivare a Biel (in francese Bienne, che alcuni considerano più suggestiva di Soletta), città natale di Robert Walser, uno dei grandi scrittori europei del Novecento che solo ora comincia ad avere la fortuna che merita. E che da Biel scappava spesso a Soletta, che trovava più suggestiva di Biel.

Baudelaire ha scritto che la vita è un ospedale dove ogni malato vorrebbe cambiare di letto: quello che sta accanto alla stufa pensa che guarirebbe più rapidamente accanto alla finestra, e quello che ha il letto vicino alla finestra pensa che guarirebbe prima vicino alla stufa.

Spostarsi a Biel potrebbe essere una buona idea.

Spoon River tra i Carpazi

Nel distretto di Maramures, la zona carpatica della Romania del Nord-ovest, sorgono le antiche chiese dichiarate patrimonio universale dall'Unesco. Più austere dei monasteri della Bucovina (anch'essi patrimonio universale per l'Unesco), caratterizzati da straordinari affreschi nelle pareti esterne, sono costruite in legno, con campanili aguzzi e tetti a pagoda che fanno pensare all'Estremo Oriente. Tutto è di legno, qui: le case, le locande e ogni utensile quotidiano. Legno di querce e faggi delle foreste fra le più belle d'Europa.

Nella remota regione di Maramures, di stretto rito ortodosso, dove nei giorni di festa alle chiese e al mercato gli abitanti indossano ancora con fierezza il costume tradizionale, a Sapanza, si trova il monastero di legno di fondazione più antica (1393) di tutta la Romania, venerato centro di culto e oggi meta di turismo. La costruzione primitiva si trovava a pochissima distanza da qui, a Peri (oggi Ucraina, siamo proprio sulla linea di confine), e già in origine fu un importante centro monastico elevato a sede arcivescovile dal patriarca di Costantinopoli. Furono quegli antichi monaci a tradurre per la prima volta in romeno i salmi biblici e gli Atti degli Apostoli, e a stamparli, perché oltre a una scuola di teologia e di musica il monastero possedeva un'importante stamperia. Trasportato e poi rifondato come nuova sede arcivescovile a Sapanza, il monastero ha ripreso le sue antiche attività culturali, religiose e musicali e durante le cerimonie si possono ascoltare i canti liturgici delle voci bianche (è un monastero femminile, e le monache si dedicano anche alla tessitura di tappeti e alla costruzione di oggetti in legno).

Il complesso architettonico colpisce per l'eleganza degli edifici e l'armonia della loro collocazione nello spazio, nel cerchio di un paesaggio di colline verdissime oltre le quali si scorgono i Carpazi: a destra, dopo il portale d'ingresso, la chiesa con il campanario aguzzo dalla cui cima si può godere il panorama; ai lati, gli edifici monastici, in parte di pietra, perché di costruzione più recente, ornati di raffinate cornici di legno intagliato. E al centro dello spazio circolare un enorme chiosco di legno, con disegno a losanga, dove nei giorni di culto le monache offrono ai pellegrini e agli ospiti cestelli di fiori e di cibo in lini bordati di rosso (se vi capitate nella settimana della Pasqua ortodossa vi troverete le tradizionali uova dipinte a mano).

A Maramures, pare, la morte viene presa con una filosofia che presuppone un certo senso dell'umorismo (non per niente la Romania è il paese di Tristan Tzara e di Ionesco). Nella cittadina di Sapanza c'è uno dei cimiteri più allegri che abbia visto in vita mia (l'altro è sulle Ande peruviane). Un ebanista locale, Ion Stan Patras, anche poeta popolare e pittore *naïf*, negli anni Trenta cominciò a costruire per gli abitanti del villaggio le croci in legno con una larga base sulla quale era dipinta a colori sgargianti l'immagine del defunto ritratto nell'attività che aveva svolto in vita (ad esempio una donna al telaio, un contadino che sta zappando, il medico, il musicista della banda eccetera). Un patto segreto legava le persone che "ordinavano" la propria futura tomba e l'ebanista, alla morte del quale la continuazione del lavoro fu lasciata a un altro ebanista, Dumitru Pop: in una busta sigillata il committente affidava all'artista il riassunto della propria vita.

C'è il postino che si scusa di aver perduto qualche lettera da consegnare: è che l'osteria lo attraeva un po' troppo, e la grappa da quelle parti è molto buona, spera di essere compreso e perdonato. C'è il funzionario comunale dalla vita irreprensibile che confessa di essersi lasciato attrarre da un localino di ragazze allegre della città vicina. E la moglie del funzionario, che per ingannare le malinconiche serate in cui il marito diceva di avere i suoi impegni professionali, invitava per il caffè un amico d'infanzia che le fu amico anche in età matura. Insomma: la vita.

Un anti-*Spoon River* che non aspira alla tragedia greca come il poemetto americano di Edgar Lee Masters, ma si contenta della piccola commedia quotidiana che appartiene alla vita comune. E da cui non è assente una vena di malinconia, perché una cosa accomuna tutte le vite riassunte nelle coloratissime lapidi di legno, da quella più umile del carrettiere a quella privilegiata del funzionario statale: che a ciascuno sarebbe piaciuto aver avuto un'altra vita da vivere. Peccato che la vita sia una sola.

Dieci anni di Creta

Creta è cominciata così, con la gigantografia di un ulivo centenario divelto da un caterpillar. Millenovecentonovantotto, Atene, l'ufficio di Stavros Petsopoulous, il mio editore greco. Io ero in compagnia del mio amico Anteos Chrisostomidis. La gigantografia era attaccata con lo scotch alla parete, dietro la scrivania di Stavros. La fissavo con gli occhi sbarrati, e guardai gli amici con aria interrogativa. Riassumo la loro spiegazione: i geniali economisti del Consiglio d'Europa erano arrivati alla conclusione che la Grecia produce troppo olio (fra l'altro di qualità eccellente). E che esso non è "competitivo" sul mercato con l'olio spagnolo e italiano. Competitivo nel senso che per la sua abbondanza fa abbassare eccessivamente il prezzo. E se il prezzo è basso, anche se giova ai consumatori, non "favorisce" l'economia. Così avevano avuto la magnifica idea di offrire denaro a quei contadini che abbattessero gli ulivi per sostituirli con piantagioni di kiwi. I kiwi, pare, sul mercato europeo andavano bene. Ovviamente non era una proposta, era un ricatto. I contadini greci, specie in certe zone del Peloponneso e dell'Epiro, sono poveri, e il denaro è un efficace mezzo di persuasione. Stavros mi confessò di aver visto un vecchio che piangeva a dirotto mentre i suoi figli abbattevano gli ulivi. Era in atto una campagna di protesta degli intellettuali contro l'idiozia burocratica di Bruxelles. Se volevo dare un contributo, un mio articolo era gradito.

Appena tornato in albergo scrissi un articolo. Anteos lo tradusse e lo pubblicò su "Ta Nea", il più diffuso quotidiano greco. Non mi fu molto difficile parlare dell'importanza dell'ulivo (e dell'olio) nella nostra cultura: dal simbolo biblico della colomba che torna dopo il diluvio con il ramoscello d'ulivo nel becco ad Atena che prima di far costruire il Partenone vi pianta un ulivo, al letto nuziale di Ulisse e Penelope scavato nel tronco di un ulivo, al Cristo, l'Unto dal Signore eccetera. Concludevo in maniera un po' perfida: in quanto ateo il problema non mi concerneva, ma avevo molti amici greci che erano cristiani osservanti e immaginavo il malinconico momento del loro trapasso, allorché, attendendo l'estrema unzione, vedevano arrivare il pope munito di un succo di kiwi nel cartoccio al posto dell'olio sacro. L'articolo fu ripreso da Anteos Chrisostomidis a conclusione di un suo bel libro di conversazioni con me, *Ena pukamiso ghemato likedes,* uscito nel 1999. Intanto la Grecia aveva vinto la battaglia: gli economisti di Bruxelles avevano rinunciato a sostituire gli ulivi con i kiwi. Qualche mese dopo ricevetti una lettera. Veniva da Chaniá, Creta. Era scritta in italiano, era firmata Ioanna Koutsoudaki e mi diceva semplicemente che a Creta ci sono gli ulivi più antichi del Mediterraneo, alcuni ancora dell'epoca veneziana; le sarebbe piaciuto che li vedessi, e lei e sua sorella Rena invitavano me e mia moglie, quando volessimo, a casa loro, che era l'antica casa di famiglia trasformata in un piccolo albergo: ci sarebbe sempre stata una stanza per noi.

Ci siamo andati per la prima volta nel maggio del 2000

e vi siamo tornati sempre. Dopo il viaggio in Grecia che io e Maria José ogni anno facciamo come un rituale, Creta è diventata la tappa finale, l'approdo obbligatorio. Ioanna è ora una delle nostre migliori amiche, i miei amici greci sono a loro volta diventati suoi amici ed è a Creta che ci ritroviamo tutti. È lì che si discute dell'ultimo film di Anghelopulos; è lì che si discute della presunta superiorità di due poeti che di per sé è stupido mettere a confronto: sono più belle le "laudi" di Elitis o la "mitologia" di Seferis? Tutto questo mangiando *kalizounia* e bevendo *raki*. Creta come un platonico simposio (cosa si può volere di più da un'isola?). Un simposio nato dagli ulivi.

Conosco tutti gli uliveti di Creta. E gli ulivi più vetusti, dei quali ho decine di fotografie. Siamo andati a cercarli nei luoghi più lontani dell'interno, nelle valli o sui monti dove Creta è più vera, intatta, non ancora contaminata da un turismo spesso devastante. E grazie a Ioanna e a suo nipote Michalis Virvidakis, che a Chaniá ha un piccolo teatro dove si può vedere un Beckett di prima qualità o una *pièce* di un poeta popolare, grazie a loro e ad altri amici cretesi, come Antonis e Zampia Gheorgoulakis, ho soprattutto conosciuto i villaggi più remoti, dove ormai mi sento di casa. In molti villaggi c'è un volto che riconosco e che mi dà il bentornato: «Ti kànete?». Come stai?

La battaglia di Creta, nel 1941, fu l'inizio della disfatta dell'esercito di Hitler. I nazisti avevano invaso l'isola e vi avevano paracadutato plotoni di soldati armati di mitragliatrici. I Cretesi li assalirono con le roncole degli ulivi, quando i plotoni dei superuomini hitleriani attraversavano le gole, e li annichilirono.

Creta. Un albergo, un villaggio

Sono a Creta, ancor meglio Creta occidentale (Creta si estende in lunghezza per circa 260 chilometri), a Chaniá, di Creta la città più bella, che i Veneziani, ai quali appartenne, chiamavano La Canea. E di veneziano resta ancora il porto vecchio con gli imponenti arsenali restaurati di recente.

Il viaggiatore che viene a Chaniá di solito non è il vacanziero bramoso di estive godurie nella forma di discoteche e di spiagge dove il profumo dello spray abbronzante l'ha ormai spuntata sull'odore di salmastro. Per questo c'è Platanías, una specie di ghetto riminesco a qualche chilometro ad est. Esistono anche piccole spiagge tranquille dove vanno le famiglie locali, naturalmente, ma si viene a Chanià per altre cose: il sapore ancora abbastanza intatto di una vecchia città cretese e la sua storia. E la storia di Creta del secolo scorso, e il fatto che oggi appartenga alla Grecia, porta il nome di Eleftheríos Venizélos (1864-1936), uomo politico membro dell'Assemblea cretese che nel 1905, di fronte al rifiuto del principe Giorgio di accettare l'unificazione di Creta alla Grecia, a Thériso convocò un'assemblea rivoluzionaria e dichiarò l'unione dell'isola alla Grecia. La monarchia temeva ancora di inimicarsi l'impero ottomano e le grandi potenze dell'epoca. Venizélos, con un gruppo di partigiani, prese l'iniziativa e la spuntò sulle grandi potenze, perché la ribellione si estese rapidamente in tutta l'isola.

Venendo dall'aeroporto verso la città, poco prima di imboccare la strada costiera, sulla destra c'è la casa di Venizélos, una solida magione. Potrebbe essere il primo luogo dove fare una sosta. C'è un bellissimo giardino, antiche palme. Un po' più in alto, la tomba dell'uomo politico e di suo figlio. Accanto, una gelateria, animatissima di famiglie se è giorno di festa. Poi, senza andare troppo lontano, un luogo in sintonia con l'ambiente di grande civiltà appena scoperto, dove posare la vostra valigia e il vostro corpo: l'Hotel Doma, all'imbocco del lungomare.

Doma, una piccola villa neoclassica, fino ad alcuni anni fa residenza di una famiglia del luogo, è stata trasformata dalle mie amiche Rena e Ioanna Koutsoudaki (due signore, mi piace ripeterlo, la cui raffinatezza, cultura e gentilezza sono tali che in mancanza di aggettivi migliori potremmo definire "neoclassiche" come la loro casa), in un piccolo ed elegante albergo che ha la straordinaria virtù di farvi sentire a casa anche nel caso che voi di neoclassico non abbiate niente. C'è della mobilia di famiglia, nell'albergo, quadri, oggetti, e appese alle pareti vecchie fotografie di una famiglia (o di famiglie cretesi) che non vi appartengono ma che adottate immediatamente, perché è anche vostra senza esserlo: è un po' il passato della nostra vecchia Europa, così uguale e per nostra fortuna così diversa. La mattina, in una sala da pranzo le cui enormi finestre si spalancano sul mare, su tavole apparecchiate con tovaglie di lino, troverete marmellate fatte in casa, e uno yogurt da guarnire con miele, gelatina di rose e noci.

Ma voi ormai eravate sulle tracce di Eleftheríos Venizélos, e a questo punto vi piacerebbe visitare il villaggio di montagna dove con i suoi partigiani rivendicò l'appartenenza alla Grecia di Creta. Se avete affittato una macchina, all'albergo vi indicheranno la strada, facile da trovare. La strada per Thériso è una delle escursioni più belle che si possono fare a Creta. Dopo un paio di abitati dal sapore di periferia, imboccate una strada che s'inerpica fra monti, fra gole, pinete e uliveti e ruscelli e rocce nude, attraverso paesaggi che pensavate esistessero soltanto nelle illustrazioni dantesche di Doré, ma senza niente di tenebroso o di infernale: solo un'aspra bellezza. Un motivo d'orgoglio sarà pensare che non troppo lontano ci sono le gole di Samaria, obbligatorie per il turista, che saranno belle quanto si vuole ma che si debbono percorrere in processione fra la folla dei coatti, come una via crucis. E cosa c'è di meglio, per i turisti quali siete e quali siamo (forse siamo tutti turisti, a questo mondo), pensare per un momento che non siano turisti?

E finalmente si arriva a Thériso, villaggio che di per sé non ha niente da offrire oltre se stesso, cosa abbastanza rassicurante. Ma c'è un platano, un enorme platano centenario che merita venerazione e che ombreggia i tavoli di una delle due trattorie dove si possono mangiare squisitezze di una cucina arcaica, preparate e affumicate durante l'inverno, e poi riposte in vecchie dispense. C'è anche un minuscolo Museo della Resistenza nazionale, venerabile anch'esso e piuttosto bruttino. E un piccolo monumento alle donne greche della Resistenza, talmente arzigogolato nelle forme che vi chiederete quale idea mai avesse in testa lo scultore delle donne e della Resistenza. E naturalmente l'inevitabile lapide commemorativa di quella fatidica riunione di patrioti.

Ma intanto ve ne state lì, sotto il platano, mangiate capretto e una fetta di torta di erbe selvatiche, guardate i boschi e le montagne davanti a voi e pensate che questo era proprio un luogo dove fare una sosta.

Tra erbe e monti

Molti, quasi tutti, vanno a Creta per il mare. Ma ci si può andare soprattutto per i monti, perché Creta è un'immensa montagna, anzi un insieme di montagne di ogni ordine e grado: picchi impervi, gole dantesche, altopiani maestosi, dolci colli ricoperti di immensi uliveti. E se alcune coste, nonostante il mare bellissimo, sono imbruttite da un'edilizia "turistica" tirata su alla bell'e meglio, i villaggi dell'interno conservano l'architettura, i costumi, le abitudini e i cibi dell'antica civiltà mediterranea rimasta orgogliosamente intatta. E in primo luogo la xenofilia (alla lettera "amore per l'estraneo") che è l'esatto contrario della xenofobia, oggi di gran voga in Italia.

Le migliori guide vi diranno che Creta è il luogo più ricco di piante, erbe e fiori di tutta l'Europa. Sono usati in vari modi, ma i principali sono quelli della farmacopea antica che risale a Ippocrate e Teofrasto, e che poi Galeno con i suoi studi sulla flora trasformò in vera e propria scienza terapeutica. Se le erbe vi interessano, Creta fa per voi. Per trovare quelle più rare è necessario un po' di sforzo, il che è ovvio, perché esse crescono nei crepacci, nelle gole o sui pendii più scoscesi. Un poeta locale, Spiridonos Zambeliou, paragona la libertà alle erbe selvatiche: «A Creta la libertà cresce / nei crepacci dei monti / selvatica e con le sue sole forze / come il laudano di Milopotamos o il dittamo di Idis». Ma chi non avesse forza o voglia di raggiungere i luoghi più impervi può ricorrere all'amabilità degli abitanti dei villaggi. Al caffè del borgo, l'immancabile *cafenío*, vi indicheranno la persona giusta da cui potrete acquistare le erbe che vi interessano.

Ad esempio il *Borago*, a Creta chiamato "erba dei melanconici". Questa erbacea parassita dai piccoli fiori violetti è usata fin dall'antichità come infusione per le sue proprietà antidepressive. Già Dioscoride e Galeno la raccomandavano, ma si era sempre pensato a un placebo. Recentemente gli scienziati hanno scoperto che la sua molecola contiene un principio attivo ricco di ossido gamma-linolenico, prezioso per le malattie cardiovascolari, con proprietà tranquillizzanti e insieme toniche, che le società farmaceutiche sintetizzano chimicamente per i comuni antidepressivi. Altra pianta difficile da reperire è il *Dittamo*. Le foglie, bollite e schiacciate fra due garze, sono usate come cataplasmi per le gambe gonfie e le varici. Ma pare abbiano anche altre virtù: chiamato a Creta *Fito tou erota* ("erba dell'amore"), ha proprietà interessanti, perché non è il tipico "afrodisiaco" ormai venduto perfino al supermercato, che promette i miracoli, ma come certi farmaci chimici di recente scoperta impedisce un rapido deflusso sanguigno dall'organo del corpo interessato.

Timo, salvia, lauro, rosmarino, origano, finocchio, zafferano: li conosciamo. Ma a Creta, selvatici, hanno un aroma sorprendente. Ne tralascerò l'uso terapeutico a favore di quello gastronomico, anch'esso buona terapia. Una *pita* (schiacciatina) ripiena di finocchio selvatico con formaggio fresco e cosparsa di miele, può essere qualcosa di sublime. Un piatto di *horta stamnaghathi*, erbe montane che crescono solo fra i cardi, di sapore amarognolo e intenso, condite con olio e limone e accompagnate dalle *paximathia* (pane duro tipo le frese, con olio e origano) può costituire un eccellente pasto. E infine, un insolito dessert: una torta con i petali del papavero comune pestati dentro la pasta di mandorle.

Quali i villaggi migliori per trovare queste piante? Creta è un'isola enorme, dipende da dove vi trovate. Alle spalle di Chaniá, c'è il minuscolo borgo di Lakki, vicino alle gole di Vryssi, immerse nel verde. Al centro, verso sudovest, Kandanos, dove i nazisti fecero una strage simile a quella di Sant'Anna di Stazzema. Ad est, sull'altopiano di Handràs, i borghi di Ziros e Armeni, dove ci sono ancora mulini a vento. A pochi chilometri, se l'archeologia vi interessa quanto la botanica, potrete fare un'escursione alle grotte delle tombe minoiche. Troverete le piante e le erbe che volete. E infine, per i più coraggiosi, il monte Psiloritis (2456 m), dove ci sono fiori rari che forse non avete mai visto.

Senza l'acqua, le piante non crescono. Le montagne di Creta sono solcate da ruscelli di straordinaria limpidezza, l'acqua corre sul sasso levigato o su letti di crescione, è di una freschezza che rinvigorisce, berla è un piacere e bagnarvisi provoca una sensazione di grande benessere. I cretesi sanno che quest'acqua è magica, e che non è mai stagnante. Per questo un detto popolare insegna: «L'acqua dorme un'ora per notte nei fiumi e nelle sorgenti. Chi vuole berla a quell'ora deve svegliarla dolcemente con la mano, altrimenti essa si indispettisce e gli ruba il senno».

Tra il Gran Canyon e la Cappella Sistina

A portarci in Cappadocia fu la forza di una frase, altrimenti il nostro viaggio sarebbe terminato ad Ankara, dove andavamo apposta da Istanbul per vedere un museo.

Ultima serata a Istanbul, una cena a casa di amici. Fra gli invitati, inaspettatamente, una persona di mia conoscenza. Metà americana e metà fiorentina, docente di matematica a New York, da un anno era *visiting professor* all'Università di Istanbul, e la Turchia l'aveva girata in lungo e in largo. Non so se è perché frequenta le Matematiche, ma è capace di cortocircuiti di idee che vanno al di là della logica comune. «La Cappadocia? È un incrocio fra il Gran Canyon e la Cappella Sistina», mi disse. Non si può resistere a una definizione come questa.

Ad Ankara, prima tappa, visitammo il museo che avevamo in programma, quello delle Civiltà anatoliche, forse anche perché avevo sempre sospettato che gli Ittiti fossero una fantasia del mio vecchio professore di liceo, e da quel museo aspettavo una conferma o una smentita. Aveva ragione il mio professore: gli Ittiti, per me popolo dal nome di pesci immaginari, sono esistiti davvero, e il Museo delle Civiltà anatoliche, con quelle stupefacenti statuette che sembrano uscite dal ventre del Tempo, lo testimonia senza possibilità di smentite.

L'aereo per la Cappadocia era al completo per i tre giorni successivi, così affittai una macchina e dopo un viaggio non proprio comodissimo di qualche centinaia di chilometri la sera arrivammo ad Ürgüp, la città più importante di quella regione di montagne erose dal vento e dipinte dagli uomini. Con un paesaggio lunare di monti di tufo (cenere, lava e fango, la zona è vulcanica) scavati dalle intemperie e altissimi funghi calcarei detti "camini delle fate" (Pasolini vi girò la sua *Medea*), la regione cela all'interno delle montagne chiese e cappelle decorate da straordinari affreschi bizantini. Dotate di depositi per grano, stalle, cucine, condutture d'aria, enormi stanze per riunioni e dormitori, queste vere e proprie città scavate nella roccia (le più celebri quelle di Özkonak, Tatlarin, Kaymakli, dove si rifugiarono i cristiani nel settimo secolo per sfuggire alle persecuzioni, evitando le invasioni turche e il conflitto con Bisanzio iconoclasta) sono una stupefacente dimostrazione della resistenza e dell'adattamento umano.

Non è sempre facile penetrare in questi labirinti sotterranei. A volte è necessario percorrere lunghi cunicoli carponi, o comunque in condizioni disagevoli, e per chi soffre di claustrofobia è più prudente una visita al monastero di Eskigümüs, dove gli affreschi bizantini, mai ritoccati, si sono conservati in maniera stupefacente. Oppure al museo all'aria aperta di Göreme, un complesso monastico di chiese e cappelle rupestri con affreschi straordinari, uno dei siti archeologici più famosi della Turchia. Di quel luogo mi è rimasta impressa nella memoria una piccola chiesa (non ne ricordo il nome, e non l'ho scritto sul mio taccuino di viaggio), con le raffigurazioni di un inferno dove i dannati sono avvolti fra le spire di serpenti (ricordo con esattezza i portentosi e surreali serpenti, mentre i dannati mi sembrarono seriali).

A Ürgüp ci fermammo alla Esbelli Evi Pension, un minuscolo convento troglodita con sei o sette stanze che alcuni anni fa un giovane avvocato turco ha trasformato in *hôtel de charme*. Credo che ultimamente abbia avuto numerose imitazioni, probabilmente non all'altezza del modello. La decorazione delle stanze, con mobili antichi scelti dal proprietario, è elegante ma non snob; i tappeti (alcuni antichi di famiglia) bellissimi; pochi gradini conducono a un terrazzino privato con una vista superba. In ogni camera una decina di libri di ottima qualità in varie lingue, e il soggiorno comune è dotato di una nastroteca impressionante (il proprietario è un raffinato melomane). Inoltre (fortuna sfacciata) vi trovammo un'arpista che abitualmente vi si ritira a studiare prima di ogni concerto. Suonava nella luce della sera inginocchiata su un piccolo tappeto kilim, le mani che sembravano danzare nell'aria.

Maria José si ricordò di un verso di Pessoa e lo recitò in una lingua che la musicista comprendeva: «Oh suonatrice di arpa, potessi baciare il tuo gesto senza baciare le tue mani!». E lei improvvisò un piccolo concerto solo per noi.

Il Cairo. Un Nobel, un caffè

Metropoli caotica e sovraffollata, dove regnano un traffico impossibile e un rumore costante, Il Cairo non è città facile da visitare da soli, senza l'appoggio di una buona agenzia di viaggi (conviene quella che curi l'Egitto con particolare attenzione); ma con un po' d'iniziativa e di spirito d'avventura si può provare. Del resto, nonostante le inevitabili difficoltà di ogni metropoli, Il Cairo è una città di enorme fascino, e i suoi abitanti (come tutti gli egiziani) sono di un'estrema cortesia e disponibilità. Ormai certi operatori turistici frettolosi di inviare i viaggiatori verso il favoloso Sud di Luxor e di Assuan tendono a fare del Cairo una città di breve sosta, quasi di passaggio, dopo la visita canonica alle piramidi di Giza e al Museo egizio (che è peraltro assolutamente straordinario). Ma Il Cairo merita ben di più che una rapida sosta: in pochi giorni sembra confidenziale e se ne subisce il fascino.

Molte le città dentro questa mastodontica città: c'è Il Cairo residenziale di Heliopolis, con i parchi e le ville stravaganti del primo Novecento; la città copta delle chiese bizantine e di un museo che da solo vale un giorno di visita; la fantomatica Città dei Morti, dove i senzatetto hanno trasformato le tombe dell'antico cimitero in abitazioni per viventi. C'è la raffinata Zamalek sulle rive del Nilo con i suoi alberghi di lusso e gli antiquari eleganti, e ovviamente Il Cairo islamico, il cuore della città, dove sorgono le moschee più belle e dove l'immenso suk (uno dei più belli del Medio Oriente), è di per sé un quartiere: un mercato, un luogo di affari, di convivenza e di minuta vita quotidiana.

È il quartiere di Naghib Mahfuz, premio Nobel per la letteratura nel 1988, e dei suoi principali romanzi, la cosiddetta "Trilogia del Cairo", i cui titoli sono poi le tre strade principali del quartiere islamico: *Bain el-Qasrain* (Tra i due palazzi), *Qasr Esh-Shawq* (Il palazzo del desiderio) e *As-Sukkariyya* (La via dello zucchero). Mahfuz è un narratore di vena epica che ha saputo fondere la narrativa tradizionale egiziana di stile episodico con il realismo occidentale. Ma un realismo che contiene sempre un sapore leggermente incantato, come fra il vero e il possibile, e che a noi può ricordare in qualche modo lo Zavattini de *I poveri sono matti* o di *Miracolo a Milano,* con uno sguardo affettuosamente attento alla quotidianità del popolo minuto della sua città. La sua Trilogia è una saga familiare che racconta il disgregarsi della società tradizionale, di un cambio di civiltà attraverso tre generazioni, e la pittoresca vita dei vicoli di questo quartiere ne è la musica di fondo.

Un pomeriggio nel bazar di Khan el-Khalili è denso di scoperte, di meraviglie e anche di enorme stanchezza. Se ne esce un po' ubriachi di voci, di suoni, di colori e dei profumi infiniti delle spezie esposte in grandi sacchi di cotone, le spezie più variate: cinnamomo, zafferano, zenzero, paprika, chiodi di garofano macinati e altre spezie ignote, dal nome arabo indecifrabile. Verrebbe voglia di comprarle tutte, ma dove metterle? Un'idea un po' stravagante è comprare un cofanetto di cedro intarsiato di madreperla (sono belli e a buon mercato) e riempirlo di spezie a piacere. E poi agitarlo per farne un cocktail del tutto personale da portarsi appresso per farne uscire il profumo ogni tanto.

Muniti del cofanetto, e magari di un libro di Mahfuz, appena fuori dal bazar c'è il Café Fishawi. È il più antico caffè del Cairo. Vi si può riposare a qualsiasi ora, perché è aperto ventiquattro ore su ventiquattro; e la sera, quando i turisti di passaggio se ne sono andati, è frequentato dagli abitanti del quartiere che chiacchierano, giocano a scacchi o fumano la *shisha*, la pipa ad acqua al profumo di rose.

Ormai il caffè ha invaso il vicolo e se la sera è bella si può godere il fresco. Ma vale la pena di entrare. L'interno ha grandi sale arredate da antichi specchi con cornici intarsiate, e i tavolini, traballanti di vecchiaia, sono ricoperti di rame battuto. Non si vendono alcolici, ma vi si può trovare uno squisito caffè turco (fortissimo), una vasta varietà di tè, un carcadè di prima qualità (pare che l'infusione dei fiori d'ibisco abbia proprietà distensive) e succhi di frutta fresca (consigliabile quello di limone, che in realtà ha sapore di lime ed è dolce). Questo era il caffè dove Mahfuz veniva a scrivere nel pomeriggio, che è rammentato nei suoi romanzi e dove tenne incontri letterari che sono rimasti celebri. Sul retro c'è una sala che egli amava particolarmente, dove ci si può accomodare per fumare una *shisha*. Pare che sia particolarmente distensiva, e infatti favorisce il sonno. Ma se a qualcuno capitasse di addormentarsi, non c'è da preoccuparsi: il padrone dirà ai camerieri di fare attenzione, e nessuno lo disturberà.

Kyōto. Città della calligrafia

Molte sono le bellezze di Kyōto, troppe per includerle in una pagina. Lo sa bene Wisława Szymborska che alla bellezza che salvò Kyōto, ha dedicato una poesia (*Scritto in un albergo*):
«Kyōto ha fortuna, / fortuna e palazzi, / tetti alati, / gradini in scala musicale. / Attempata ma civettuola, / di pietra ma viva, / di legno, ma come crescesse dal cielo alla terra. / Kyōto è una città bella / fino alle lacrime. // Vere lacrime / d'un certo signore, /un intenditore, un amatore di antichità, /che in un momento decisivo / al tavolo delle conferenze / esclamò / che in fondo ci sono tante città peggiori – /e d'improvviso scoppiò in lacrime / sulla sua sedia. // Così si salvò Kyōto, / decisamente più bella di Hiroshima» (trad. di Pietro Marchesani).

La città più amata del Giappone, fondata nell'800 a.C., fu la prima capitale imperiale, e la sua architettura è costruita geometricamente con riferimento al palazzo dell'imperatore sul lato nord della città. Situata in una conca di verdissime colline dove si trovano i templi più belli, l'incanto della città appare soprattutto nell'antico centro storico, ancora con molte case in legno intorno ai canali, il quartiere dei pittori e dei calligrafi. Entrare in una bottega dedicata alla carta può essere un'esperienza. Una volta mi ci condusse una persona nativa di Kyōto che mi aveva colmato di gentilezze e con la quale volevo in qualche modo sdebitarmi. La pregai di scegliere personalmente il regalo e mi condusse in una bottega di carte e inchiostri. Con la proprietaria della bottega, una signora che indossava un kimono elegantissimo, la persona che mi accompagnava iniziò una fitta conversazione alla quale fece seguito una lunga dimostrazione di carte di riso di fogge differenti. Finalmente una carta fu scelta, la proprietaria prese un pennello e un calamaio, vi disegnò un ideogramma, prese una scatola di cartone, l'avvolse nella carta e con un nastro di seta confezionò un intreccio di nodi e fiocchi e la consegnò a chi mi accompagnava. (In Giappone, a scuola, c'è una materia dedicata alla carta e a come fare i nodi.) È difficile sottrarsi alla propria cultura. Quando uscimmo dissi alla persona che mi accompagnava: «Mi scusi, ma non capisco bene, nella scatola non c'è niente, qual è il regalo?». «È questo», mi rispose mostrandomi l'involucro, «è molto bello, grazie». Ricordo che Roland Barthes nel suo libro sul Giappone, *L'impero dei segni*, parla della superiore importanza del contenente rispetto al contenuto. Ma una cosa è leggerlo in un libro, altra è farne l'esperienza.

L'autunno è forse il momento migliore per visitare Kyōto, i templi e i giardini. Il giardino dell'Entsuji, con il terreno di muschio disseminato di pietre; il complesso templare del Daitokuji, con le carte di Ikkyu, il più grande calligrafo zen, morto alla fine del Quattrocento; il santuario Nashiki, dove si tengono le feste dedicate alla pianta dell'*hagi* dalle delicate foglie rotonde, la pianta più celebrata nella poesia tradizionale. A novembre gli abitanti di Kyōto si recano fuori città per vedere i boschi che si colorano del giallo e del rosso dell'autunno. Con un comodo autobus si raggiungono i piccoli templi nei boschi attorno a Ohara, e nella seconda domenica di novembre sulle colline a ovest, un tempo luogo di villeggiatura, si celebra la Festa degli aceri.

Il giardino più aristocratico è il Kinkakuji, il Padiglione d'oro, celebrato dal romanzo di Yukio Mishima. Ma chi preferisse al barocco sfarzoso di questo tempio (e alla prosa di Mishima che gli assomiglia) la sobrietà e i chiaroscuri dell'autore dell'*Elogio della penombra*, il venerabile Tanizaki, può raggiungere la sua tomba situata nel cimitero-giardino di uno dei templi buddisti più belli di Kyōto. Sorge sul pendio di una collina alberata e lascio la sua individuazione all'iniziativa del viaggiatore intraprendente.

La tomba di Tanizaki è un'enorme pietra rotonda posata sulla nuda terra. Quando vi andai il terreno era coperto di foglie d'acero rosse, e la pietra mi parve naturale, cioè non lavorata dalla mano dell'uomo, anche se in Giappone a volte è difficile (si veda il bonsai) decifrare a prima vista ciò che è davvero naturale da ciò che la mano dell'uomo ha reso di apparenza naturale. Spazzai via le foglie alla ricerca di scritte o di segni. Sulla pietra c'era solo un ideogramma inciso e poi dipinto. Lo ricopiai sul mio taccuino cercando di essere il più esatto possibile, e la sera lo mostrai all'impiegato della reception che parlava un inglese perfetto. «Cosa significa?» chiesi. «Silence», mi rispose. Poi, con un leggero sorriso, aggiunse: «Or "Nothing", Sir».

New York-Rhinebeck in treno

Supponiamo che vi troviate a New York e che abbiate un po' di tempo a disposizione, ad esempio un fine settimana. E che sentiate il bisogno di evadere da una città straordinaria, forse la più straordinaria in assoluto, ma dal cui ritmo a un certo punto è necessario prendere una pausa.

Per arrivare a Rhinebeck si prende un treno alla Penn Station, direzione Albany o Montreal. Il percorso, lungo il maestoso Hudson che scorre alla vostra sinistra mentre sulla destra si aprono le vallate di foreste di aceri, è di un'estrema piacevolezza e in meno di due ore sarete a Rhinebeck (fermata Rhinecliff). Da dove, fra l'altro, potete anche raggiungere il vicino Museo della DIA, località Beacon. Archeologia industriale riconvertita (era una vecchia fabbrica di biscotti), questo Centro di Arte contemporanea situato in piena campagna sulle rive dell'Hudson vi accoglie all'ingresso con un'immensa sala dedicata a Andy Warhol, il che potrebbe comprensibilmente scoraggiare il visitatore che non lo abbia in simpatia. Ma se non ci si arrende al primo inconveniente si possono avere emozioni inaspettate (mi limito a due artisti: Dan Flavin e Agnes Martin).

Per arrivare a Rhinebeck si scende dunque a Rhinecliff,

stazioncina d'altri tempi persa in mezzo ai boschi (apparentemente, perché Rhinebeck in realtà è a pochi chilometri). Se è ora di pranzo è consigliabile uno spuntino alla locanda Beekman Arms, dove potete prenotare la camera per la sera. È l'albergo più vecchio degli Stati Uniti, vi soggiornò George Washington durante la guerra d'Indipendenza e una targa ricorda il suo passaggio. Nel pomeriggio, in pochi minuti, potete raggiungere Annandale-on-Hudson e visitare il Bard College.

Fondato nel 1860, Bard è un college residenziale di Liberal Arts and Sciences. Vi studiano circa millecinquecento studenti provenienti da tutti gli Stati Uniti, anche se una buona metà proviene da altri continenti, Africa, Asia e America Latina, grazie alle generose borse di studio di questa democratica università. L'ambiente, lo posso garantire, è dei migliori. Le materie più frequentate sono letteratura, antropologia, arte visiva e musica (il presidente del college è Leon Botstein, celebre musicologo e direttore d'orchestra): cioè materie di non immediata applicazione pratica ma adatte a coltivare lo spirito. Comunque, allo stesso tempo, gli studenti studiano biologia o ingegneria, e diventano biologi o ingegneri con una buona cultura. Perché secondo la filosofia del college un biologo o un ingegnere che conoscono Tolstoj e Mozart, per esempio, hanno un cervello che funziona meglio dei corrispettivi professionisti che non li conoscono.

Il territorio del Bard College è piuttosto esteso: una buona soluzione è affittare una bicicletta presso la Security, accanto al centro amministrativo. La prima sosta consigliabile è l'auditorio costruito da Frank Gehry, il Richard B. Fisher Center for the Performing Arts, ricoperto di titanio come il Museo Guggenheim di Bilbao, ma ancora più impressionante forse per il paesaggio nel quale è inserito. Non lontano dallo sfavillante Gehry, dietro la biblioteca di stile neoclassico, c'è un piccolo cimitero con poche tombe, lastre di pietra ricoperte di foglie. Qui riposano, l'una accanto all'altra, tre grandi donne che hanno insegnato in questa università: Mary McCarthy, Hannah Arendt e Irma Brandeis. Mary McCarthy è rimasta celebre per *The group* (1963) che fu un best seller. Ma sarebbero da rileggere anche le sue note di viaggio e i suoi saggi politici (*Vietnam*, 1967 e *Hanoi*, 1968): la cultura progressista americana le deve molto. Hannah Arendt è uno dei maggiori interpreti dei disastri del Novecento, del nazismo soprattutto; da ragazza ebbe la sfortuna di innamorarsi di Martin Heidegger, il filosofo della Selva Nera, come lo chiama Thomas Bernhard, e di scrivergli lettere che preferiremmo non leggere. Irma Brandeis è uno dei maggiori studiosi americani di Dante; ebbe la bontà di non rispedire al mittente le lettere che le inviava Eugenio Montale. Fu davvero "un angelo".

Il ritorno a Rhinebeck si può fare anche con il bus del Bard College, al calar del sole. Se avete prenotato alla vecchia locanda troverete una camera con vecchie travi, pavimenti di tavole e rustica mobilia d'epoca. Il caminetto è acceso e il ristorante è di prima qualità: di qui passarono i francesi, i coloni olandesi e tedeschi arrivarono dopo. Una teoria linguistica sostiene che nella diffusione di un idioma le aree marginali sono più conservative della fonte centrale, mantenendo intatte le caratteristiche originarie. Oltre che in linguistica penso che la regola sia valida anche in gastronomia: provare per credere al ristorante della locanda con la *soupe à l'oignon*.

Washington. Una sosta da Einstein

Washington è città di grande bellezza, da New York la si raggiunge facilmente. Consiglierei di prendere il treno, e per la comodità dei treni e, soprattutto, per la stazione di arrivo, luogo abbastanza singolare da indicare per una visita. Di solito le stazioni non si visitano, vi si transita. Un antropologo contemporaneo, Marc Augé, le ha inserite, con gli aeroporti e i supermercati, nel suo libro *Nonluoghi*, gli spazi architettonici della nostra epoca nei quali passiamo una buona parte del nostro tempo ma dove viviamo in maniera "sospesa" perché sono spazi di uso e di passaggio, una sorta di limbi urbani. Nel saggio di Augé la stazione di Washington (Union Station) meriterebbe una postilla di eccezione: non è solo un luogo dove arrivare e da cui partire, ma da visitare con soddisfazione per la sua bellezza architettonica.

In vita mia ho visto tante curiose stazioni nelle grandi città del mondo, ma la Union Station di Washington le batte tutte. Inaugurata nel 1908, opera dell'architetto Daniel Burnham, in quello stile che in America chiamano con espressione francese "Beaux-Arts", è insieme maestosa e di rara eleganza, con pavimenti di marmo bianco, soffitti a volta, inferriate di bronzo e pannelli di mogano. Questa architettura da palazzo ha permesso che vi si celebrassero addirittura cerimonie e banchetti di Stato, sostituendo la Casa Bianca. Altro motivo di sosta sono i ristoranti, fra i migliori della città, la libreria e i negozi, compreso il negozietto di artigianato africano (Zimbabwe, se ben mi ricordo) il cui proprietario, non afroamericano ma africano dell'Africa, vi può raccontare sull'Africa cose che sui giornali si trovano difficilmente.

A Washington, è stata "monumentalizzata" la Storia che ci ha riguardato e continua a riguardarci: i memoriali della Seconda guerra mondiale, della guerra di Corea e della guerra del Vietnam, testimonianze impressionanti. E allorché sarete stanchi (i memoriali sono disposti in immensi parchi) di percorrere le guerre dell'ultimo mezzo secolo, a due passi c'è un altro tipo di monumento di tutt'altro tipo che merita una sosta diversa.

Stranamente le guide non lo menzionano e gli stessi abitanti di Washington, eccetto rarissimi casi, non lo conoscono. Vicino al Dipartimento di Stato, in un giardino appartato, accanto all'Accademia Nazionale delle Scienze, c'è l'Einstein Memorial. L'enorme scultura di bronzo, opera dello scultore Robert Berks, raffigura il grande scienziato seduto su uno dei tre gradini che servono da base al monumento stesso. Calza dei sandali e regge in mano un manoscritto con le equazioni matematiche delle sue principali scoperte: la teoria della relatività, l'equivalenza di energia e materia, l'effetto fotoelettrico. Guarda ai suoi piedi una mappa circolare del cielo incisa su granito verde smeraldo punteggiato di schegge di metallo lucente che rappresentano le stelle e i pianeti. Sul volto ha un'espressione bonaria e insieme perplessa, come se dicesse: "Ma che roba!".

Se è l'ora di pranzo e la giornata è bella, fermarsi a mangiare un panino su una panchina guardando quel genio che interrogò l'universo e odiò tutte le guerre può essere una buona idea. Magari c'è una famigliola di visitatori e un bambino si è arrampicato sulla statua come se fosse sulle ginocchia di suo nonno. Verrebbe voglia di fare altrettanto.

Messico. Viaggio nei *chiles*

In Messico, immenso paese dalla straordinaria varietà, dovunque si rechi, dal tropicale Sud della civiltà Maya al Nord desertico, alle città coloniali, all'affascinante monstrum della capitale, il viaggiatore non potrà evitare l'incontro con un elemento unificatore e comune alle civiltà messicane più diverse: i *chiles*.

Elemento basico e indispensabile della cucina messicana nelle sue infinite varietà regionali (la parola non è esatta perché il Messico è una confederazione di Stati), già adoperato nella farmacopea delle civiltà precolombiane ("medicinali" reperiti dagli archeologi nella Valle di Tehuacán testimoniano che le popolazioni locali se ne servivano seimila anni prima di Cristo), il *chile* lo si troverà a colazione, a pranzo e a cena, secondo il gusto e l'aroma adatti al cibo. E sebbene gli europei in genere cerchino di evitarlo (anche per la malevola voce sparsa da guide turistiche un po' avventate che lo ritengono falsamente responsabile della cosiddetta "vendetta di Montezuma"), esso è onnipresente, e tanto vale conoscerlo.

Tradurre *chiles* con "peperoncini" è assolutamente inadeguato, tante sono le varietà, le forme, le intensità e le differenze di gusto di queste solanacee, e scoprirli è come esplorare gli insondabili abissi dell'animo umano, con le infinite gradazioni dei sentimenti che ci nutrono, dalla tolleranza al rancore, dall'odio alla vendetta al perdono, dal tenero amore filiale fino alla passione più furibonda. Se chiedete a un messicano quanti tipi di *chiles* esistono ve ne farà diligentemente una lista interminabile, scusandosi per le eventuali dimenticanze. Ne tento un rapido baedeker cominciando dal *Chile poblano*.

Il *Chile poblano* è familiare e materno. In quanto tale dispone di un ventre accogliente per ripieni di verdure e formaggi onde accompagnare arrosti e stufati. Insomma: una riunione di famiglia per il compleanno della nostra cara nonna.

Anche il *Secoa* ha aspetto familiare, saggio come una vecchia zia. Ha perso la vitalità che la zia ebbe in gioventù, però non il profumo civettuolo che lei usava da ragazza. Si adopera per aromatizzare le salse più diverse, mescolato con succo di lime.

Il *Dulce*, verde e grassottello, tipico della cucina dello Yucatán (indimenticabili i piatti "nostalgici" di Mérida) concede un leggero piccante, di un'eleganza pudica e insieme maliziosa, come certe dame del secolo passato.

Il *Güero*, di robuste dimensioni e di un giallo verdognolo, con un'epidermide leggermente rugosa, lascia intendere una maturità ormai raggiunta con un piccante ancor valido ma con una punta di lassitudine, come incline alla rassegnazione.

Il *Serrano*, popolare, con una vigoria giovanilistica, è aggressivo. Vi fa pensare a certi biondi boscaioli o alle floride massaie di certi film tedeschi di propaganda degli anni Trenta. Il suo piccante non solo non soddisfa ma neanche stimola, e il suo sapore sgarbato è fatto solo di velleità.

Il *Chile de árbol* è francamente inverecondo. Di un rosso acceso, robusto e ritorto tende, al lubrico, assomiglia a quello che nel napoletano si chiama "'o cazzillo 'e diavolo" e in Messico è tenuto in maggiore considerazione del Viagra.

Il *Jalapeño*, invece, assomiglia all'età migliore: possiede le forze giuste in una perfetta sintonia con la pietanza: un autentico grande amore con la persona adeguata all'età adeguata, per assicurare la discendenza (in questo caso un buon dessert di frutta).

Potrei continuare l'enumerazione. Ma come fanno i messicani, scusandomi per le eventuali omissioni, concludo con il *Chile Habanero*. L'*Habanero*, lustro e ovoidale, dall'aspetto innocente e di un verde giallognolo che può tendere all'arancione, è il *Pontifex maximus* di ogni piatto messicano di alta qualità, dalla pietanza più complicata, come la *Cochinita*, alla infiammata (eppure delicatissima) minestra di lime. Ma attenzione: l'*Habanero* ha oltrepassato le frontiere del piccante fino a raggiungere l'allarme radioattivo. La sua forza partecipa del nucleare, è la scissione dell'atomo che i Maya scoprirono in natura molto prima di Fermi o di Oppenheimer. Chi resiste alle sue radiazioni interne può a buon diritto illudersi di appartenere a una cultura ultramillenaria che la colonizzazione europea ha fatto il possibile per distruggere. Se solo riuscirete ad assaggiarlo davanti a un messicano mantenendo un'espressione serena senza mettervi a urlare, avrete conquistato la cittadinanza onoraria.

I Robinson

La spiaggia solitaria

Il jumbo li ha scaricati a Cancún, città dello Yucatán e spiaggia internazionale del Mar dei Caraibi. Arrivano da Francoforte, dove sono convenuti dalle più remote località della Germania. Sono circa trecento, uomini e donne: tutti biondi, alti, robusti, stanchi. Vengono a passare una vacanza in Messico. All'aeroporto li aspettano degli autobus modernissimi. È una bella notte tropicale. Gli autobus percorrono per una settantina di chilometri la suggestiva strada che fiancheggia la costa e che li porta verso il Sud, verso Tulum, fino ad Akumal, una spiaggia circondata da una foresta tropicale dove le tartarughe marine vengono a deporre le uova.

Gli autobus si fermano davanti a un enorme portale di cemento rosa con delle palme dipinte. Hanno raggiunto la loro meta: l'albergo. La stessa meta che per nostra disgrazia abbiamo raggiunto anche Maria José ed io, grazie all'equivoco di un mio amico che da Città del Messico, ispirato dal luogo appartato e dal nome evocatore dell'albergo, ci aveva prenotato una camera: con quel nome, *Robinson*, non poteva che trattarsi di un piccolo albergo sperduto, forse di legno, sul mare, come ne ricordava lui che in Yucatán aveva passato l'infanzia. Così, attratti dal miraggio di una solitudine assoluta, io e Maria José abbiamo pensato di concludere in Yucatán il nostro viaggio, cominciato nel Nord del Messico, qui dove ci sono le imponenti piramidi maya e una città coloniale che dicono bellissima, Mérida.

La sbarra vigilata da guardiani in uniforme si alza, i viaggiatori scendono ordinatamente dagli autobus e si mettono in fila per la reception accanto a un lunghissimo tavolo colmo di bibite. Sono serviti da due camerieri biondi come loro che parlano solo tedesco o inglese. I liquidi nelle caraffe di vetro sono molto rossi, molto verdi, molto arancione, e ognuno ha lo stesso cartellino: *Tropical cocktail*.

Consegnano i loro passaporti alla reception e si ritirano nelle camere che gli spettano. Le altre trecento camere sono già occupate da altri Robinson arrivati il giorno prima dal Texas con la stessa compagnia, la Touristik Union International, che come posso vedere sul foglietto illustrativo sul banco della reception possiede analoghi centri robinsonici in Spagna, Egitto, Kenia e in lontane spiagge di altri paesi del mondo.

Aerobica

La mattina dopo un sole abbagliante rifulge sulla vasta spiaggia dell'albergo, delimitata ai lati da due bassi steccati di paglia e attrezzata con grandi ombrelloni di paglia di foggia indigena, sotto i quali i Robinson possono rilassarsi in poltrone dall'inclinazione variabile. Qualcuno entra timidamente nell'acqua turchese del Mar dei Caraibi, ma i più preferiscono l'enorme piscina dallo strambo disegno (un cuore con le braccia?) dell'albergo, nella quale possono seguire il ritmo di una ginnastica aerobica obbedendo a una musica stentorea. L'esercizio, come ripete al megafono un giovanotto che fa da "animatore", avrà incredibili effetti benefici sul loro corpo e sul loro spirito. Chi sembra nutrire maggiore fiducia nella danza acquatica sono le signore più anziane. Lasciano sulle sdraio i loro parei multicolori e fanno il possibile per obbedire al ritmo dell'aerobica muovendo un corpo che come tutti i corpi degli esseri umani di quell'età ha ricevuto le inesorabili ingiurie del tempo. Una settimana di Tropici forse scuoterà via qualche anno, non si sa mai.

La siesta

Dopo il pasto di mezzogiorno, servito sotto gli ombrelloni (enormi vassoi con torri di club-sandwich e montagne di frutta tropicale), si impone la siesta. Perché il Messico è il paese della siesta. Aerobici e aerobiche lasciano sul bordo della piscina i loro spropositati sombreri di paglia fabbricati a Taiwan messi a disposizione dall'albergo sui quali la Direzione ha fatto attaccare un cartellino con il loro nome, Ulrike, Klaus, Alice, Renate, e si ritirano nelle loro camere dove un ventilatore a soffitto di foggia coloniale e una tappezzeria popolare attaccata sopra il letto confermano loro che si trovano davvero in Messico.

Ora c'è da affrontare il pomeriggio. Altri cocktail coloratissimi li aspettano sui tavolini della piscina sulla quale comincia a calare un tramonto sanguigno, come dev'essere il tramonto ai Tropici. E poco dopo li aspetta la cena con un mostruoso buffet disposto esoticamente fra zucche, foglie di palma, pani artigianali di strana forma, ananassi e strumenti musicali indigeni. In vita mia non avevo mai visto uno sfoggio di così tante cibarie. Non mi trovo in *Robinson Crusoe*, sono in *Gargantua e Pantagruel*: ho sbagliato romanzo.

La cena

Gli straordinari piatti messicani vengono portati alla famelica fila da servitori maya di piccola statura e dal volto antico color argilla ai quali l'albergo ha fatto indossare enormi cappelli da cuoco affinché possano avvicinarsi all'altezza dei clienti. Sono piatti autoctoni o coloniali, squisiti, che i Robinson ricoprono di ketchup attingibile a volontà da grosse ciotole di artigianato locale. Ma si tratta dei commensali più coraggiosi, quelli animati da curiosità etnica. I più sono rimasti in fila davanti all'enorme barbecue in fondo alla sala e ritornano al tavolo con il piatto traboccante di würstel. I bambini dei Robinson, intanto, chiedono con insistenza patate fritte: «Chips, chips, chips», si sente cinguettare a tutti i tavoli. E i papà e le mamme, alzando il braccio, ripetono il cinguettìo. Il vecchio cuoco maya che già sta friggendo le patatine sorride: con i *gringuitos*, lo sa, ci vuole pazienza.

La fiesta

Dopo la cena si scatena la *fiesta*. Essa consiste in una musica assordante, diffusa da altoparlanti titanici, che arriva fino alla spiaggia dove ci siamo rifugiati. Nessuno, nel raggio di cinque chilometri, può sottrarvisi. È la stessa musica che presumibilmente si può sentire nelle discoteche della Baviera o del Texas e che è accompagnata da luci psichedeliche che illuminano sinistramente la vegetazione tropicale.

Le creature di Düsserldorf o di Austin (molti sono gli americani), vogliose di provare la sensualità dei Tropici, in una danza frenetica offrono i loro corpi al Dio del Turismo Globale. Dopo il sacrificio umano li aspetta il televisore delle loro camere con canali esclusivamente in inglese e in tedesco, tante volte non gli venisse la tentazione di sentire il suono della lingua parlata nel paese in cui casualmente si trovano.

Per l'indomani il programma trovato sul comodino promette una visita pomeridiana in autobus alle rovine maya di Tulum, una piramide sulla spiaggia presso la quale i Robinson attenderanno il tramonto eseguendo un rituale cerimoniato da uno "specialista", e del tutto simile (garantisce il foglietto distribuito in albergo) a quello degli adoratori del Sole dell'era precolombiana.

Il ritorno

Fra una settimana (il "pacchetto" prevede otto notti) i Robinson europei e americani faranno ritorno ai loro luoghi di origine e racconteranno agli amici di aver visitato il

Messico. Per dimostrarlo esibiranno le diapositive e le incontestabili immagini delle loro fotocamere che si sono portati appresso dappertutto: quando mangiavano, quando facevano il bagno, quando dormivano sotto le palme, così come certi indios di una tribù dell'Amazzonia che stanno sempre attaccati a un osso dei loro progenitori.

Saranno sostituiti da altri Robinson ai quali generosamente, come orma del proprio passaggio, avranno lasciato nella "biblioteca" dell'albergo i libri letti in questa meravigliosa spiaggia messicana: voluminosi best seller in edizione paperback, con il titolo di copertina stampato a lettere dorate in rilievo, che hanno comprato previdentemente negli aeroporti di provenienza per non annoiarsi sotto il sole dei Tropici. Sono quasi tutti romanzi americani di *mistery* o di *horror*. Hanno fatto la scelta giusta: la vita è un mistero, e a volte fa spavento.

Brasile. Congonhas do Campo

Per passare da qui è necessario venirci apposta, come spesso è necessario per i luoghi un po' speciali. Per arrivare al punto: siamo in Brasile, supponiamo che siate arrivati a Rio de Janeiro. Che è, come giustamente la chiamano, la *Cidade maravilhosa*. Ma viste le sue meraviglie (al positivo e al negativo), le giornate sulle spiagge di Copacabana o di Leblon sono identiche a quelle di ogni parte del mondo dove esistono spiagge del genere, solo un po' più pittoresche e un po' meno "tessili", dati gli esigui centimetri delle *tangas* delle ragazze: ma il sole è lo stesso e l'acqua del mare pure. Dunque possiamo andare a Congonhas do Campo.

La direzione è Belo Horizonte, capitale dello Stato di Minas Gerais, a circa quattrocento chilometri, servita da frequenti voli. Città che varrebbe una sosta, dirà la vostra guida, soprattutto per il monumentale complesso architettonico della Pampulha realizzato da Oscar Niemeyer e Burle Marx. Sarà per un'altra volta. Ci scusiamo con l'architettura contemporanea: abbiamo un appuntamento con quella antica, e la macchina affittata all'aeroporto ci servirà anche da macchina del tempo per retrocedere fino al Settecento, al magnifico barocco portoghese di Congonhas do Campo.

A Congonhas converrebbe arrivare al calare del sole per approfittare della luce da miraggio del tramonto, aggirare senza guardarli gli edifici costruiti negli anni Cinquanta, quando il governo brasiliano decise di risfruttare le miniere (quel poco che restava dei grandi giacimenti auriferi che fecero la fortuna di Minas Gerais coloniale), e dirigersi verso la basilica del Bom Jesus de Matosinhos, rimasta intatta al limitare dell'abitato, in un enorme spiazzo in pendio dove palmizi dall'esile ciuffo sul tronco altissimo accompagnano le sei cappelle della Via Crucis che conducono alla cattedrale. Sulla spettacolare scalinata disegnata a rombo si ergono in pose di una leggiadria sorprendente, data la mole gigantesca, le statue in pietra dei dodici profeti. Le scolpì António Francisco Lisboa detto l'Aleijadinho, figlio illegittimo di mastro Manuel Francisco Lisboa e della sua schiava Isabel. Questo prodigioso scultore, forse il più grande dell'epoca barocca portoghese, fu colpito dalla lebbra in giovane età (Aleijadinho significa "storpio", lo Storpietto) e si racconta che ormai incapace di camminare si facesse condurre in portantina fino alla cattedrale per scolpire le sue statue con degli scalpelli legati ai moncherini delle braccia rosicate dalla malattia. Le enormi statue sono in *pedra-sabão* (alla lettera "pietra-sapone"), una pietra dolce e friabile che i venti del *sertão* hanno intaccato nei volti come la malattia che divorò chi li scolpì.

Intanto è calata la sera e le cappelle della Via Crucis sono chiuse. Ma il guardiano, che abita in una casetta vicina, le aprirà gentilmente per voi se saprete essere convincenti, perché – è una cosa da specificare – vi piacerebbe proprio vederle illuminate dalla luce artificiale. Guardando nella luce irreale dei faretti i gruppi delle sculture lignee a grandezza naturale dell'Aleijadinho (l'Ultima cena, l'Orto degli ulivi, l'Arresto di Cristo, la Flagellazione, il Calvario, la Crocifissione), che nonostante la patina del tempo mantengono ancora i colori accesi che piacevano ai barocchi, forse penserete che questo era un luogo che meritava una sosta. Fra una cappella e l'altra, nel tappeto erboso, cantano i grilli. Sono dei piccoli grilli verdi quasi diafani; tenere sul palmo uno di quegli orchestrali che sui loro organetti sembrano suonare un requiem alla passione del Cristo scolpita da un artista infelice, mentre intorno a voi centinaia di altri grilli lo accompagnano, vi darà l'impressione di dirigere un'orchestra lunare, dove tutto è assurdo, musica e figuranti.

Poco lontano c'è una locanda. È rustica, con letti antichi e suppellettili di cuoio, come si addice alla vita dei butteri di queste parti. Il materasso di crine da principio vi sembrerà scomodo, ma poi vi dormirete magnificamente. Magari pensando che troppo grande e sorprendente è il Brasile per farvi solo questa sosta.

Ouro Preto

Il casuale viaggiatore che eventualmente si fosse fermato a Congonhas do Campo nella tappa precedente, non avrà difficoltà a raggiungere Ouro Preto, praticamente "a due passi", considerate le distanze di questo immenso paese. Ci troviamo ancora nello Stato di Minas Gerais (alla lettera "Miniere Generali"), regione un tempo ricchissima di giacimenti d'oro, argento e diamanti che nel Settecento fece della Corona portoghese una delle più ricche di Europa. Minas Gerais è fra l'altro lo scenario del favoloso *Sertão* di Guimarães Rosa (*Grande Sertão, Corpo di ballo, Miguilim*). Lontano dai grandi centri urbani, trascurato dal potere centrale, abbandonato a se stesso e alle sue leggi spesso crudeli, il *Sertão*, fino a pochi anni fa zona di latifondi e di grandi pascoli, ha una vaga rassomiglianza con il Far West americano, dove il vaccaro e il pistolero sono le figure predominanti. Il pistolero (non di rado intercambiabile con il vaccaro) qui si chiamava *jagunço*: figura a metà fra il brigante alla Robin Hood, il fuorilegge e il mercenario dei latifondisti. Andava vestito di cuoio, armato fino ai denti, con un cappello a mezzaluna adorno di monete e di denti di animali. Sullo schermo lo ha immortalato il grande regista Glauber Rocha nel film *António das*

Mortes, mentre Guimarães Rosa ne ha fatto una figura categoriale, l'uomo perso fra il bene e il male nel labirinto della vita. Un labirinto che è un deserto (*Sertão*, etimologicamente, significa "grande deserto", "desertone"), una sconfinata pianura caratterizzata da una vegetazione avara e spinosa dove appaiono improvvise, come incongrue colonne ioniche in un mare di nulla, le altissime palme *burití* con un esile ciuffo di foglie per capitello.

Ouro Preto significa "Oro Nero". Niente a che vedere con ciò che oggi l'espressione significa per noi. Il petrolio non c'entra: il nero si riferisce agli schiavi neri che lavoravano nelle miniere d'oro, robusta e gratuita mano d'opera che i portoghesi importarono dalle loro colonie africane (Angola, Guinea e Mozambico) visto che i nativi morivano con estrema facilità (l'indio, data l'esile, quasi femminea struttura fisica, non resisteva al pesante lavoro sottoterra). La monarchia portoghese, molto cattolica, nell'importazione fu assai confortata da una Bolla papale secondo la quale dei poveri selvaggi che adoravano i fiumi, le foreste e la volta celeste, ricevendo il battesimo dai padroni europei, potevano accedere al paradiso anche se con le catene alle caviglie, beatitudine di cui mai avrebbero goduto se restavano nelle loro foreste. E così gli schiavi furono portati in Brasile, tanti. E scavarono nelle miniere con braccia robuste. E si convertirono alla nuova fede, confidando in un dio che li salvasse dalla schiavitù e che per coincidenza era lo stesso di coloro che li avevano fatti schiavi.

Le chiese barocche più belle di Ouro Preto, come quella di Nossa Senhora do Pilar o quella di São Francisco de Assis o di Nossa Senhora da Conceição, furono costruite da quei "minatori". Il disegno appartiene ovviamente ad architetti portoghesi o a un grande maestro locale come l'Aleijadinho, lo scultore lebbroso di Congonhas do Campo. Ma la messa in opera è di quelle anonime braccia africane ("al nero": non c'è espressione migliore per dirlo).

Si racconta che per fare offerte al nuovo dio salvatore, dato che venivano fatti uscire nudi dalle miniere e subivano un'ispezione rettale, gli schiavi cospargessero il cuoio capelluto di polvere aurifera ben celata dai capelli crespi. A casa, le donne lavavano le teste degli uomini in un bacile, raccoglievano la polvere d'oro e la donavano alle chiese per decorarne gli altari e i soffitti. Gli sfavillanti interni delle chiese di Ouro Preto che ora state ammirando da casuali viaggiatori quali siete (e quali siamo); quegli altari, gli angeli e i cori barocchi intagliati nel legno e ricoperti di una foglia di oro finissimo furono fatti in questo modo. Forse è il momento di sedere (o di inginocchiarsi, dipende dal viaggiatore) sulla panca di una di queste chiese. Pausa di riflessione.

In Canada per un film

Visitai il Canada molti anni fa per un congresso di studi, e mi parve un paese bellissimo anche se conobbi soltanto il Canada delle metropoli.

Vi sono ritornato di recente per un puro ghiribizzo, spinto da un film di Claude Jutra: *Mon oncle Antoine*. È un film del '71, ma io l'ho visto a Parigi con molto ritardo. Jutra è un grande cineasta poco conosciuto in Italia. Amico e collaboratore di Louis Malle e Bernardo Bertolucci, ha girato dei documentari strepitosi e pochi grandi film, fra cui un vero capolavoro che è *Mon oncle Antoine*. È una storia persa nella provincia del fiume Saint-Laurent che percorre il grande territorio orientale del Canada, il Québec; la storia di un'iniziazione, di scoperta della vita da parte di un adolescente, un'iniziazione alla vita che avviene con la scoperta della morte. Sarà lui, il ragazzino protagonista, che vincendo la paura e superando la propria "linea d'ombra", nottetempo andrà a recuperare fra la neve delle abetaie il cadavere di un bambino che lo zio, proprietario di un emporio e dell'impresa di pompe funebri, ha lasciato cadere dalla carretta. Il povero zio Antoine, simpatico e un po' codardo, si era preso una sbornia per superare il tragitto notturno dal casolare isolato al villaggio con un cadavere appresso.

Può capitare che per la suggestione di un film si arrivi in un luogo dove non saremmo mai andati.

L'antica capitale, Québec, che dà il nome all'immenso territorio, è una piccola città settecentesca con stradine tortuose percorse da carrozze, un ambiente tradizionale, osterie che servono buona cucina familiare. Il centro più animato è la place Royale davanti alla chiesa di Notre-Dame-des-Victoires incendiata dagli inglesi a metà del Settecento e poi ricostruita. Il viaggiatore scafato vi potrebbe rinvenire certi cliché turistici fastidiosi: il pittore di paesaggi ingenui, il disegnatore che fa un ritratto a carboncino in cinque minuti, il fisarmonicista che suona vecchie arie. Ma chi sa apprezzare le sfumature si accorge che sono cliché con una fruizione differente. Perché i canadesi, non avendo niente di più vecchio, trovano antichissima la città di Québec, come se fosse il loro Partenone o il loro Colosseo: le famiglie venute in gita dalle sperdute province hanno un'aria felice sul volto, e ci sembrerebbe malvagio rovinare la loro innocenza.

E a questo punto ci può prendere la voglia di conoscere la provincia della provincia. In centro c'è una stazione di autobus da dove partire per St.-Jean-Port-Joli, Rivière du Loup, Trois-Pistoles, verso l'enorme foce del Saint-Laurent. Se poi qualcuno, un po' più avventuroso, desiderasse scendere verso le riserve indiane a nord-ovest del Québec, troverà i discendenti degli Irochesi e degli Uroni. Le loro condizioni sociali non sono delle migliori, come è successo a tutti i popoli colonizzati, ma il governo canadese ha attuato nei loro confronti un sistema di aiuto e di protezione molto migliore di quello dell'Australia e degli Stati Uniti. Almeno non ha prodotto i disastri della cosiddetta "integrazione" nella cultura dell'uomo bianco.

Le tribù che per motivi storici si sono integrate davvero sono invece i cosiddetti *Bois Brûlés,* un po' più ad ovest, discendenti di commistioni fra la popolazione locale e i coloni francesi che commerciavano in pellicce e legnami e che si installarono in quelle zone alla fine del Settecento. A quei giovani francesi biondi e dagli occhi azzurri che venivano perlopiù dalla Normandia e dalla Bretagna piacquero quelle bellissime ragazze dalla pelle ambrata e dai capelli corvini. E alle ragazze piacquero i giovanotti biondi. I *Bois Brûlés* sono molto ospitali, il loro territorio è bellissimo, le loro *cabanes* (come le chiamano) sono in realtà delle spaziose e confortevoli baite di robusti tronchi d'abete dotate degli essenziali comfort. Passarvi l'inverno, per chi scrive, è più seducente (e molto più economico) che passarlo in luoghi "deputati" che non hanno mai fatto al mio caso. Per questo mi è venuta la voglia di restare in una capanna indiana dai *Bois Brûlés.* Ma prima, per calmare la *macaia* che all'improvviso mi ha preso, vorrei tornare, come se fossi preso per incantamento, in una città italiana. Anni fa, quando decisi di lasciarla, era percorsa dalle Brigate Rosse, e non ci sono più tornato. Ora, che è stata percorsa anche dalle Brigate Nere, è il momento di rivisitarla.

Genova

C'è qualcosa di diverso da altri luoghi qui, cosa sarà mai? Forse «lo spiro salino che straripa dai moli»? Ti viene in mente questo verso perché lo "spiro salino" è sicuramente il maestrale o un vento simile: libeccio, mistral, scirocco, comunque un vento del Mediterraneo, e dunque siamo in un paese del Sud, e nei paesi del Sud, con questi venti, ci sono anche i panni alla finestra, lenzuola che schioccano al vento come bandiere. Venti nostri, panni nostri.

Oggi soffia il maestrale sotto le antiche arcate che sto percorrendo, è una luminosa giornata, ma nelle viuzze d'intorno, stranamente, non ci sono panni ad asciugare alle finestre. Chiedere a qualcuno se gli abitanti non fanno più il bucato o pensare che questa apparente luminosa primavera sia invece «l'oscura primavera di Sottoripa»? Meglio credere a Montale, a volte i poeti hanno intuizioni che un giorno si avverano. E oggi non è il luglio di oggi, è il luglio di qualche anno fa, perché questo è il privilegio concesso a chi sta scrivendo questa pagina: passeggiare anche nel tempo.

Sono partito da Sottoripa, punto cardinale di una città che serba intatto il suo mistero. Che forse la farebbe pensare avara, perché è guardinga, non si concede, non si fida.

Ma chi la pensa avara non ha capito la sua generosità: è città medaglia d'oro della Resistenza. Genova si concede quando è necessario.

Da Sottoripa ho proseguito per via Prè, la malfamata, e poi vado a casaccio, chissà perché, forse perché «un ronzio lungo viene dall'aperto, strazia com'unghia ai vetri» (ancora la voce di Montale). Cerco anch'io, come lui, «il segno smarrito»? Lo cerco, perché in questa città lo Stato ha passato il segno. E ha cercato di cancellare le tracce. Proseguo. Piazza Fossatello, via Lomellini, dove c'è la casa di Mazzini, povero, che aveva curiose idee repubblicane. Ma ho già imboccato via del Campo, seguendo la magia di un'altra voce. Com'era bella quella voce, e vera, cantava la vita con tutte le macchie che ha la vita, e Genova, e l'Italia, così come esisteva e che un clown miliardario ha fatto sparire. E a via del Campo cosa c'è? Si sa: a via del Campo c'è una puttana. Anche due, e anche di più. Ma oggi, strano, non ce n'è neppure una, forse la Security le ha messe ad asciugare in casa come i panni, hanno lustrato via del Campo, sembra una cartolina. Caro Fabrizio De André, quanto mi manchi. Vorrei che tu potessi tornare a rendere questi luoghi veri grattando via la falsa vernice che il pagliaccio ha spennellato su questa città, per ridare vita alla vita nella sua semplice verità fatta soprattutto di miserie.

Lassù in alto c'è un abbaino; è senz'altro la vecchia soffitta di Gino Paoli, dalla quale si vedeva il mare e dove c'era una gatta con una macchia nera sul muso, con una stellina che scendeva vicina vicina. Ma oggi la gatta non c'è più, e il mare non si vede, e la stellina neppure, al suo posto c'è un dirigibile nero dal quale scenderanno i Black bloc.

Sono arrivato al lungomare, dove si potrebbe prendere un autobus verso Sampierdarena e Bolzaneto. Ma oggi non ci sono autobus. Non importa, posso andarci col pensiero, perché è proprio dall'alto della fortezza di Bolzaneto, eretta nel 1380 dalla Repubblica Marinara a presidio della città, che si domina tutta Genova: le torri medievali, i tetti di lavagna, le ciminiere della zona industriale di Ponente e questo stesso quartiere con i suoi modesti palazzi popolari, la stazione, la posta, la caserma. E mentre oggi la guardiamo, «con quella faccia un po' così, quell'espressione un po' così», ci chiediamo davvero «se quel posto dove andiamo non ci inghiotte e non torniamo più».

È questa, oggi, Genova per noi, dopo lo stupro. Nella testa mi risuona la voce di Paolo Conte, e mi sembra più roca del solito, con una strana fessura, come il suono di un vetro incrinato.

III.
In India

Tante idee dell'India

Una storia esemplare: quando i portoghesi di Vasco da Gama sbarcarono in un'isoletta davanti a Bombay e penetrarono nelle grotte del tempio rupestre di Elephanta, misero mano ai picconi e assalirono furiosamente le ciclopiche statue del pantheon induista intagliate nella roccia. Irrimediabilmente sfigurate esse sono mostrate oggi, con il sommesso rammarico della guida locale, al visitatore europeo.

Mi sono chiesto spesso che cosa guidò quell'atto vandalico. Le cronache portoghesi dell'epoca sono prodighe di ragguagli sulla fervida fede cristiana che animava i navigatori. Ma non si trattò solo di una crociata contro gli "idoli". Quegli esausti navigatori venivano da un paese dell'Occidente controriformista, erano abituati a una religione tranquillizzante fatta di un inferno punitore e di un paradiso ricompensatore, popolata di santi dal volto buono, con un demonio chiaramente malvagio e di madonne azzurre e materne. Conobbero improvvisamente un universo senza centro, il concetto dell'ibrido; sospettarono un cosmico riciclaggio, una visione terrifica e non antropomorfa del mondo. Ebbero paura. I loro picconi furono mossi dalla Paura. Oggi, di fronte al brivido di follia che percorre l'India, di fronte alla paura che questo grande ventre ci incute e si incute, viene il desiderio di rileggere l'antica Madre della cultura attraverso gli occhi della letteratura dell'Occidente.

Ma prima della Paura, naturalmente, c'era stata la Meraviglia: Marco Polo, Mandeville e le montagne d'oro custodite dalle formiche, e i fiumi che provengono dal paradiso terrestre, e perché l'imperatore dell'India sia chiamato Preste Jõao (Prete Gianni): e tutta la mitologia che fiorì in Europa sul favoloso personaggio; e le spedizioni dei portoghesi alla ricerca del reame della felicità, in quella Taprobana (Ceylon) che fu poi dei *Lusiadi* di Camões e dove Campanella collocò la sua Città del Sole. E Filippo Sassetti fiorentino; e Francesco Carletti, avventuriero e cinico esteta; e "l'apostolo delle Indie" Francesco Saverio, sepolto nella "dorata" Goa.

E poi venne l'esotismo; ma abbiamo già saltato due o tre secoli. L'esotismo fine Ottocento di una letteratura stanca dei salotti borghesi, dei tradimenti coniugali in provincia e dei suburbi di Zola. L'India era l'altrove per eccellenza: perché era misteriosa, certo, i cadaveri dei parsi imputridivano sulle Torri del Silenzio, i diamanti del regno di Golconda erano grossi come uova, le giungle inestricabili nascondevano sette sanguinarie, nei palazzi favolosi danzavano le bajadere per il divertimento del mogol e del maharaja. Signore col busto di stecche di balena e signori con l'arricciabaffi ingannavano il tedio serale leggendo le avventure dell'ufficiale di Marina Pierre Loti (*L'Inde*, 1898), verosimili come un'oleografia.

Era il cinema che non c'era ancora. Il Novecento letterario europeo si affaccia così sull'India: sulla scia di un esotismo che significa evasione, voglia di estasi e di viaggi onirici. E che in fondo, rappresenta l'idea di un Oriente in opposizione a un Occidente colonialista e bellicoso ma intimamente stanco. Un Oriente, come scriverà nel 1914 Fernando Pessoa, «da cui viene tutto, il giorno e la fede / l'Oriente pomposo e fanatico e caldo / l'Oriente buddista, bramanico, scintoista / l'Oriente che è tutto quanto noi non abbiamo / tutto quanto noi non siamo».

Quest'Occidente spossato, con lo sguardo velato dalla malinconia e dalla febbre, ha per l'Italia gli occhi di un giovane dandy torinese, Guido Gozzano, anche lui alla ricerca della cuna del mondo, viaggiatore menzognero e geniale che si inventa dell'India tutto ciò che non può vedere e che coglie invece ciò che porta imprescindibilmente nell'animo: il senso della morte e la struggente consapevolezza di una insormontabile indecifrabilità. Tralasciando un po' indebitamente il grande Kipling, che riuscì a vedere e a "capire" l'India con gli occhi della sua sovrana, la letteratura novecentesca europea ammette nei confronti dell'India la sua sostanziale incapacità di capire. È la glaciale conclusione di *Passaggio in India* (1924) di Forster, il più mirabile romanzo sull'India assunta a metafora dell'universale incomprensione: l'incomprensione dei colonizzatori verso i colonizzati, dei colonizzati verso i colonizzatori, di entrambi verso se stessi.

E poi c'è *Un barbaro in Asia* (1933) di Henri Michaux, viaggiatore interiore per eccellenza che ha coscientemente rifiutato di capire l'India limitandosi ad osservarla con l'ironia e la leggerezza di chi non si sente più europeo perché ha già trovato il suo privato Altrove. Ma prima di lui c'è il vagabondo Hermann Hesse, e naturalmente il suo

Vagabondaggio intersecato da viandanti e pellegrini; e principalmente il *Viaggio in India*, giornale del viaggio intrapreso nel 1911. Ma Hesse non cercava l'India, cercava la negazione delle antinomie kantiane, un Assoluto Impersonale che altri scrittori meno mistici e più sensuali hanno forse saputo trovare nell'estetismo ellenizzante (penso a Kavafis e a Durrell, e forse dico un'eresia).

Romain Rolland (*Inde. Journal, 1915-1943*) cercava invece la tolleranza, la grande intesa universale, quello che oggi si chiama "il dialogo": e lo intessé principalmente con la tolleranza fatta persona, Gandhi (Rolland-Gandhi, *Correspondance*). E poi venne Malraux, che cercava l'Uomo e il senso dell'esistenza e oltre che all'inferocita Indocina coloniale si rivolse all'India (*Antimémoires*, 1967).

Siamo al nostro oggi, al passato recentissimo. E alle cronache di viaggio degli scrittori italiani più rappresentativi. C'è il Flaiano di *Un giorno a Bombay* (1980) e *Un'idea dell'India* (1962) di Moravia. Un'India, quest'ultima, guardata soprattutto nei suoi problemi umani e sociali, ma anche un'India sfuggente ed enigmatica, perché la si può solo "sentire", così come «si sente, al buio, la presenza di qualcuno che non si vede, che tace eppure c'è».

Ma chi più ha "sentito" l'India, in un libro ammirevole, è stato Pasolini. Rinunciando a capirla con gli occhi dell'Occidente, Pasolini l'ha capita in modo diretto e profondo: con i sensi. *L'odore dell'India* (1962) è il libro di un uomo che ha ritrovato il suo male di vivere in un'umanità sciagurata e dolente e che ha capito che l'India possiede questo strano sortilegio: farci compiere un viaggio circolare alla fine del quale forse ci troviamo davvero di fronte a noi stessi. Senza sapere chi siamo.

Bombay. La porta dell'India

Il viaggiatore occidentale che arrivi in India non può fare a meno di visitare Bombay, magnifica e spaventosa metropoli che è la porta obbligatoria per l'India del Sud. Quando i primi navigatori portoghesi vi approdarono nel 1534, Bombay era costituita da sette isole di pescatori abitate da kulis (poi *coolie* nella lingua dei colonizzatori britannici per indicare una persona di infima condizione sociale) e devastate dalla malaria e dalla febbre tifoide.

Nel 1661, con la prodigalità che si ha verso le cose cadute dal cielo, i portoghesi collocarono Bombay, che era stata loro offerta dal sultano del Gujarat, nella *corbeille* nuziale di Catarina de Bragança, figlia del re del Portogallo, che andava sposa a Carlo II di Inghilterra. Nel 1668 il governo inglese affittò le sette isole alla East India Company per la ridicola somma di dieci sterline d'oro all'anno. Lo sviluppo di Bombay comincia esattamente in questo periodo e coincide con l'arrivo dei facoltosi parsi, gli zoroastriani che l'invasione musulmana aveva fatto fuggire dalla Persia natia. La prima Torre del Silenzio, indizio di una comunità religiosa già definitivamente installata, è del 1675. Attualmente a Bombay esiste un numero rispettabile di queste costruzioni appartate e vigilatissime, sulla cima delle quali, per non contaminare i quattro elementi del Cosmo (Acqua, Aria, Terra e Fuoco) i parsi espongono i loro morti ai corvi e agli avvoltoi. Pare che l'amministrazione comunale abbia dovuto collocare coperchi sui depositi dell'acquedotto, perché può succedere che ogni tanto i volatili lascino cadere qualche boccone dal becco.

Ma dicevo dei primi navigatori portoghesi. Oggi ciò che resta di portoghese a Bombay (ora Mumbai) è soprattutto il vecchio nome il cui etimo è il portoghese *Boa Baía* (cioè, "Buona Baia") per via dell'enorme porto naturale che con il passar del tempo è diventato il maggior porto commerciale di tutta l'Asia.

Subito oltre il fiume Ulhas, che separa la terraferma dalle isole di Bombay, troviamo Bassein, che fu una città fortificata portoghese dal 1534 al 1739. I portoghesi la conquistarono e vi costruirono un recinto di mura che conteneva una città di così grande pompa e splendore che fu chiamata la Corte del Nord. Solo ai nobili era permesso vivere dentro il recinto delle mura e alla fine del Seicento vi abitavano trecento famiglie nobili portoghesi e quattrocento famiglie indo-cristiane appartenenti all'élite locale. Vi si costruirono cinque conventi, tredici chiese e una cattedrale. Nel 1739 i Maratti strinsero d'assedio la città che si arrese dopo tre mesi di ostinata resistenza. Quei tre mesi sono descritti, con una fantasia che compete con un libro di avventure, nella cronaca di un ignoto viaggiatore del diciottesimo secolo conservata alla Biblioteca Vaticana. La narrazione non è inferiore al Salgari più immaginifico. Com'erano feroci i principi Maratti! E che terrore gli elefanti lanciati al galoppo contro le porte della città! Secondo l'anonimo cronista i portoghesi invece erano buonissimi, pregavano molto e, ogni tanto, per farsi rispettare, lanciavano olio di palma bollente sui Maratti che si avvicinavano troppo. Finché il digiuno poté più dell'onore.

Oggi, della favolosa Corte del Nord, restano le impressionanti muraglie fortificate e le rovine della cattedrale di São José sulle quali saltellano corvi di inusitate dimensioni.

Elephanta

Davanti a Bombay, a una decina di chilometri dalla costa, c'è una piccola isola coperta di vegetazione che anticamente si chiamava Gharapuri. Oggi il suo nome è Elephanta, come la ribattezzarono i portoghesi per via dell'enorme elefante di basalto che vi trovarono e che nel 1912 gli inglesi collocarono nei Victoria Gardens di Bombay.

Nonostante le ingiurie del tempo e degli uomini, i templi cavernicoli di Elephanta sopravvivono nel loro straordinario splendore; straordinario e impressionante, perché una sensazione di disorientamento che assomiglia a un vago terrore si impossessa del visitatore occidentale che, dopo aver salito i trecento gradini di pietra, attraversa il buio ipogeo che porta alle grotte sacre più celebrate e probabilmente più belle dell'India induista. La Trimurti che domina le grotte col suo sorriso enigmatico (Brahma il creatore, Vishnu il conservatore e Shiva il distruttore) provoca un indefinibile malessere. E anche Shiva che balla il Tandava, la danza che scuote il mondo, è un'altra immagine che lascia attoniti. Fuori, sotto una luce violenta, abbaiano brutte scimmie appollaiate sui rami di una vegetazione che Guido Gozzano nel suo fantasioso libro *Verso la cuna del mondo* definì «demente».

È mattina. Sono arrivato con il primo traghetto. Il tempio è deserto, eccetto un'anziana coppia giapponese silenziosissima che ha fatto il viaggio sul mio stesso battello. Penso ai portoghesi, i primi europei che visitarono questo luogo, a metà fra l'incubo e la perfezione estetica. Il mio *guide book*, con il linguaggio adatto a chi fa i viaggi in jet, definisce i portoghesi un popolo intollerante e fanatico, a causa dei gravi danni che arrecarono alle sculture. Intolleranti e fanatici furono senz'altro, ma probabilmente per la prima volta concepirono il cosmo come un'idea terribile e assurda e capirono di essere stupidi, limitati e ottimisti.

Bombay. Il Taj Mahal

Accanto al Gateway of India, davanti all'imbarcadero per Elephanta, impera il Taj Mahal Hotel, imponente edificio fine secolo, coniugazione bizzarra di stile Mogul e di architettura vittoriana. Una notte al Taj Mahal forse è un capriccio un po' caro per il turista comune, ma è un'avventura che vale la pena. Il Taj è l'altra faccia dell'India: è l'India del fasto e del privilegio, dove circolano gli ultimi maharaja, gli sceicchi e i re del petrolio giunti dall'Arabia Saudita per passare le vacanze nell'albergo più sontuoso di tutta l'Asia.

Più che un albergo, il Taj Mahal è una città indipendente. Dotato di svariati ristoranti (cinesi, indiani, francesi, internazionali), arredato lussuosamente ma con la discrezione dell'eleganza, pieno di boutique nelle cui vetrine scintillano meravigliosi manufatti indiani, questo fastoso albergo invita più a stare svegli che a chiudersi a dormire in camera. Nella sua immensa hall circola la folla più pittoresca e cosmopolita che si possa incontrare al mondo.

Ma anche fuori, nella brulicante Bombay, ci si immerge nella moltitudine più eteroclita del mondo: musulmani, induisti, parsi, ebrei, cinesi, kulis, jainisti con il volto dipinto di biacca, sacerdoti buddisti in processione. Sappiamo che non molto lontano, a rendere ancor più paradossali i contrasti di questo immenso paese, funziona la torre del reattore nucleare di Trobay, tempio della più temibile divinità della nostra epoca.

Sotto di noi, dall'alto del modernissimo grattacielo nel quale è installata l'ala più nuova dell'albergo, brillano le luci di questa sterminata città. Forse quelle che si vedono sulla sinistra, le più lontane, sono le luci dell'aeroporto di Santa Cruz. Un altro segno dell'Occidente, almeno nel nome, rimasto impigliato in questa metropoli dell'Oriente.

Goa. L'abate Faria

Al viaggiatore che traversi l'India e sosti a Goa, che appartenne al Portogallo fino al 1961, un colto *tourist operator* consiglierebbe in primo luogo Velha Goa (o la Dorata Goa, com'era chiamata nel Seicento), l'antica capitale del viceregno portoghese delle Indie.

In quel luogo furono edificate le grandi cattedrali barocche, oggi praticamente inghiottite dalla giungla; là ci sono ancora le tracce del grande viceré Afonso de Albuquerque, fondatore di Goa nel 1512; là si trovano ancora il convento di São Francisco, i vecchi monasteri, la basilica del Buon Gesù. E fra le dorature degli altari, in una bara di cristallo, riposa la salma di San Francesco Saverio, che ottenne a Goa una sepoltura degna della sua vita dopo esservi stato trasportato dall'Estremo Oriente. Ma quali intemperie hanno subito i suoi resti mortali! Alle Molucche, secondo alcune agiografie, per incassarlo in una bara troppo piccola per il suo corpo gli spezzarono il collo inclinandoglielo su una spalla. Quando la bara fu aperta a Goa, una sua devota, in un eccesso di devozione, gli staccò un alluce con un morso. Infine, durante uno dei centenari commemorativi, i prelati locali decisero di prelevargli un altro pezzetto di corpo e di inviarlo in dono a Roma, dove è conservato in una teca nella chiesa del Gesù.

Una guida con spirito vacanziero, di questo piccolo stato indiano caratterizzato da una straordinaria ibridazione culturale (i portoghesi, a differenza di altri colonizzatori, si sono sempre mescolati con la popolazione locale, in India come in Brasile o in Africa o a Macao) consiglierebbe senz'altro le immense spiagge dell'Oceano Indiano dove sorgono favolosi alberghi come il Fort Aguada Beach. Invece io vorrei portarvi a Panjim, come ora si chiama Nova Goa, cioè la città in cui i portoghesi spostarono la capitale nel 1760. Panjim, sulla riva destra del Mandovi, ha una sola meraviglia architettonica, la basilica dell'Immacolata Concezione, in alto su una scalinata, di un candore che ferisce gli occhi. Per il resto è un porto commerciale, come tale nacque e come tale è cresciuta. Ma ha un fascino sottile, un po' rétro, con un centro storico recentemente restaurato.

E in realtà sto seguendo le tracce di un personaggio storico che fu ostile al Portogallo dominatore e in specie al Tribunale dell'Inquisizione, a Goa particolarmente attivo. Si tratta di José Custódio de Faria (1756-1819), un monaco meticcio rimasto nella storia come l'abate Faria. Imbevuto delle idee rivoluzionarie francesi ma anche della cultura scientifica dell'epoca, guidò il movimento liberale che mirava all'indipendenza di Goa dal regno di Portogallo. Deportato a Lisbona, riuscì a gabbare il Tribunale dell'Inquisizione grazie alla sua astuzia e dialettica, nel 1788 si rifugiò in Francia e poco dopo diventò uno dei principali intellettuali dei movimenti rivoluzionari, a capo di una sezione del 10 Vendémiaire. Nel 1811 fu nominato professore di filosofia a Marsiglia, grazie ai suoi studi di fisica e fisiologia e alle sue teorie sul magnetismo e l'ipnosi, peraltro scientificamente valide perché rivolte contro la teoria fisiologista di Mesmer dell'esistenza di un fluido magnetico e contro quella di Puységur, secondo il quale il vero agente terapeutico sarebbe la volontà dell'ipnotizzatore. Nel 1819 pubblicò a Parigi *De la cause du sommeil lucide ou Étude de la nature de l'homme* che provocò moltissime polemiche, ma che lo fece diventare la *coqueluche* degli intellettuali parigini. Dopo una breve permanenza, per un'accusa rimasta ignota, nella prigione del castello d'If, morì di un colpo apoplettico a Parigi.

La sua figura ispirò vari scrittori per personaggi eccentrici e un po' pazzoidi: Chateaubriand (che lo aveva frequentato) lo evoca nelle sue *Memorie d'oltretomba* e Alexandre Dumas lo ha immortalato nel *Conte di Montecristo*. La sua Panjim gli ha dedicato una statua di bronzo di fronte al Palazzo Idalcão dove l'abate, con le braccia stese in avanti, elargisce il suo fluido terapeutico a una signora semireclinata in stato di estasi.

Il viaggiatore stanco può fare una sosta sullo zoccolo di pietra. Il fluido dell'abate Faria ormai si è perso nel tempo e le statue, si sa, non emanano alcun magnetismo. Eppure si può sentire una curiosa quiete, come una sonnolenza dell'animo: ma forse è provocata dalla vita dell'India che scorre sotto i vostri occhi, allo stesso ritmo lento e implacabile, senza tempo.

Verso Mahabalipuram

Da Madras, l'unico mezzo per raggiungere Kancheepuram e Mahabalipuram, le due città sante dell'estrema punta del Sud dell'India, era l'automobile. Ma in albergo avevano cortesemente insistito affinché noleggiassimo una macchina con l'autista. Ad un certo punto avevo capito che dietro la cortese insistenza c'era un preciso divieto statale: nel paese Tamil Nadu non era consentito al turista, per ragioni di sicurezza, guidare personalmente una macchina affittata.

Ora io e Maria José ci trovavamo fra Kancheepuram e Mahabalipuram. Il viaggio era stato molto lungo, l'automobile era una Ambassador piuttosto scassata di fabbricazione indiana, priva di aria condizionata. Dalla mia parte il finestrino si abbassava solo di pochi centimetri. L'autista era un uomo silenzioso e reticente con il quale avevo cercato di parlare delle tradizioni religiose delle due grandi città sante. «Probabilmente la sua guida può darle informazioni migliori delle mie», aveva tagliato corto, e da allora eravamo rimasti in silenzio. Faceva un caldo terrificante, le sospensioni dell'Ambassador erano ormai andate e ogni buca della strada mi entrava nelle reni. Cercavo inutilmente di far funzionare la manovella del finestrino, e i sedili rivestiti di finta pelle mi avevano incollato la camicia alla schiena per il sudore.

Chiusi gli occhi e mi rassegnai. La strada era costeggiata da alberi di mango, l'autista guidava con concentrazione e fumava uno di quei sigarini indiani profumati, fatti con una sola foglia di tabacco, che si chiamano Ganesh. Mi ero appisolato, aprii gli occhi e guardai attraverso il parabrezza. C'era un passaggio a livello chiuso. In India, a un passaggio a livello, si può trovare di tutto. E infatti i viaggiatori fermi davanti alla sbarra erano piuttosto eteroclíti. C'era un risciò motorizzato, dal quale il guidatore era sceso, dipinto di giallo e con un'enorme scritta indecifrabile, forse in hindi, forse in una lingua del Sud. Insomma: l'ignoto. C'era un uomo in bicicletta col viso tinto di biacca e una garza sulla bocca, era certamente di religione jainista, la biacca era un segno di umiltà e la garza sulla bocca gli impediva di ingoiare un insetto, che poteva essere la forma di una persona che stava attraversando un altro stadio dell'esistenza. C'era anche un elefante con la fronte dipinta di segni violetti, forse un elefante sacro, cavalcato dal suo *karnak*. Infine arrivò una motoretta e si piazzò alla destra del taxi, proprio accanto a me. Era guidata da un uomo abbastanza giovane con due segni colorati sulla fronte e una camicia bianca che gli arrivava alle ginocchia. Dietro, sul portabagagli, messo di traverso, aveva un involucro lungo e sottile avvolto in bende bianche, come un enorme sfilatino.

Chiesi all'autista cosa mai trasportasse. Lui succhiò il suo sigarino e rispose come se fosse la cosa più naturale del mondo: «Un cadavere». Non ebbi il coraggio di dir niente. Il sole era implacabile, sudavo, mi sentivo a disagio, avrei voluto essere altrove e invece ero lì, fermo a quell'assurdo passaggio a livello, accanto a un uomo in motoretta che trasportava un cadavere come un pacco postale. Poi vinsi la mia riluttanza e replicai: «Un cadavere, perché porta un cadavere?». «Lo porta a bruciare in un tempio di Mahabalipuram», rispose l'autista con flemma, «ci sono le pire e le acque dei laghi sono sante, possono ricevere le ceneri».

Sbirciai l'uomo dalla fessura del mio finestrino. Lui si sentì osservato e a sua volta mi guardò. Io feci un cenno di saluto col capo, ma lui rimase impassibile; guardava davanti a sé il passaggio a livello, anzi, oltre il passaggio a livello. Cominciai a provare un disagio difficile da definire, come se sentissi il dovere di partecipargli in qualche modo la mia solidarietà o qualcosa di simile, e l'impossibilità di farlo mi desse un senso di colpa. Quel benedetto treno tardava a passare, ormai eravamo fermi da un quarto d'ora almeno, ero inzuppato di sudore, lo scoppiettio della motoretta, che l'uomo non aveva spento, mi martellava nella testa. Cercavo di pensare a cosa si può dire a una persona che fa il nostro stesso percorso, per quegli strani casi voluti dal caso, e invece di fare un viaggio di piacere come era il mio porta un cadavere sulla motoretta, forse suo padre o sua madre, chissà. Gli si dice: va anche lei a Mahabalipuram? Oppure: le mie più sentite condoglianze? E poi: due esseri umani, in una tale circostanza, devono davvero dirsi qualcosa?

Guardai Maria José come se le chiedessi un suggerimento, ma capii che era smarrita quanto me. Accanto a noi c'era un marziano nella sua totale umanità, ma noi, a nostra volta marziani, come potevamo comunicare con un umano? Fu un impulso, le parole mi uscirono dalla bocca prima che mi fosse possibile formularle nel pensiero; guardai l'uomo e pronunciai la frase più ridicola che uno può dire in una simile circostanza. Puntandomi il dito sul petto, gli dissi: «I am Italian». Anche lui mi guardò; era uno sguardo dolce e opaco, nel quale non brillava nessuna forma di comprensione. Strinsi la mano di Maria José e ripetei automaticamente a bassa voce: «Italian».

Ma in quel momento il treno passò, il passaggio a livello si aprì e il nostro autista partì senza indugio suonando il clacson per cercare di superare animali e biciclette. Come per istinto mi girai a guardare l'uomo col cadavere. Il suo volto si era aperto in un largo sorriso, gli brillavano gli occhi, batteva sul manubrio della sua motoretta: «Vespa!», gridò, «Vespa!».

Lo ricordo così, mentre si allontanava nel lunotto posteriore dell'automobile, che mi faceva ampi cenni di saluto con le braccia. E anch'io lo salutai infilando la mano nella fessura del finestrino.

L'Inde. Que sais-je?

In un capitolo di *Notturno indiano* un membro della Società di Teosofia di Madras, un signore raffinato e distante, sottopone il mio personaggio (il viaggiatore occidentale che si è recato in India sulle tracce di un amico scomparso) a una sorta di esame, interrogandolo sulle sue conoscenze dell'India. Imbarazzato dalla propria incompetenza, come punto sul vivo, il protagonista risponde sgarbatamente: le sue conoscenze sull'India consistono in una guida in inglese, *India, a travel survival kit* e soprattutto in un libriccino della collana francese "Que sais-je?" (una sorta di Bignami transalpino) che si intitola *L'Inde. Que sais-je?*

Quel mio romanzo era preceduto da una nota con le mie iniziali che comincia così: «Questo libro, oltre che un'insonnia, è un viaggio. L'insonnia appartiene a chi ha scritto il libro, il viaggio a chi lo fece». Dietro questa specificazione, plausibile per ogni libro ma che sembra scritta apposta per i narratologi, si cela, non lo nego, una *excusatio non petita*. È tempo di ammetterlo: le conoscenze sull'India dell'insonne, che coincide con chi ha scritto il libro, probabilmente non erano molto diverse da quelle di chi aveva fatto il viaggio, cioè il suo protagonista. La "cattiva coscienza", una faccenda che si verifica ovviamente solo a posteriori, non tardò a intervenire. Come desideroso di togliere il mio personaggio dalla profonda ignoranza in cui si trovava, cominciai a leggere tutto quello che lui avrebbe dovuto aver letto sull'India prima di intraprendere un viaggio del genere. Possibile, cominciai a chiedermi, che con le conoscenze che ci hanno lasciato dal medioevo fino a oggi tutti i nostri grandi viaggiatori, uno scrittore avesse il coraggio di infilare in un suo romanzo, in un continente del genere, e in situazioni tutt'altro che facili, un personaggio così smaccatamente ignorante?

Libri e libri cominciarono ad accumularsi sulla mia scrivania, finché non mi sembrò di aver materiale a sufficienza da poter suggerire al personaggio il comportamento giusto e le risposte giuste per le situazioni in cui si trovava. Rileggevo ad esempio il capitolo allorché il mio viaggiatore conversa di notte nella stazione di Bombay con un jainista che va a morire a Madras e gli dicevo: «Tira fuori almeno una frase decente sul jainismo come l'hai letto su quello storico delle religioni, non ti accorgi che la vostra è una conversazione fra sordi?». Oppure rileggevo ad esempio il capitolo in cui il viaggiatore entra nel sordido alberghetto Khajuraho e colto da stupida paura reagisce facendo sapere che la sua ambasciata è al corrente delle sue mosse e gli dicevo: «Comportati come quel giornalista inglese che ha girato tutto il mondo e che in una situazione del genere sa benissimo che ad un occidentale non torcerebbero mai un capello, hai fatto la figura del fesso». Così pensavo, convinto di sapere ormai a sufficienza sull'India.

Ma sull'India non si sa mai abbastanza.

Poco tempo fa, mi è capitata fra le mani una vera e propria "enciclopedia" sull'India: *L'elefante ha messo le ali. L'India del XXI secolo*, di Antonio Armellini, pubblicato dall'Università Bocconi di Milano nel 2008. L'autore è stato ambasciatore italiano a New Delhi ed è attualmente ambasciatore presso l'Ocse a Parigi. Ho definito il suo libro "un'enciclopedia" anche se l'obiettivo dell'autore, un economista di vasta cultura, è quello di analizzare soprattutto l'India da un punto di vista sociale ed economico. Infatti il volume, cui non mancano grafici, statistiche e dati concreti, è dotato perfino di un puntualissimo apparato sui partiti politici indiani con una lista dei vari ministri del governo di Manmohan Singh (ci sono ministri per noi sorprendenti, come quello per gli Affari Tribali, per la Promozione e Giustizia sociale, per le Risorse Idriche, per le Minoranze, per l'Industria Tessile e per le Scienze della Terra). Per me sono questi i capitoli del libro che nella loro asciuttezza statistica sono i più impervi da leggere e nei quali il letterato si smarrisce. Ma evitati opportunamente gli ostacoli di numeri e statistiche, il curioso dell'India troverà nel libro di Armellini tutto ciò che sull'India c'è da sapere.

«Sono molte le facce che l'India presenta a chi le si avvicini. C'è l'India spirituale e fantastica, che seduce con il suo messaggio di tolleranza e saggezza millenarie, riempiendo gli *ashram* di persone in cerca di se stesse. C'è l'India dei turisti, che ne esplorano le ricchezze in maniera a volte frettolosa, restandone abbacinati. E c'è l'India vista da chi ci vive e lavora, confrontandosi ogni giorno con le sue straordinarie opportunità e le altrettanto straordinarie idiosincrasie. Volerle raccontare tutte sarebbe non tanto ambizioso, quanto improponibile: si tratta di realtà troppo complesse e diverse fra loro perché possano essere racchiuse in poche pagine. Mi sono posto l'obiettivo più modesto di descrivere l'ultima fra le tre Indie che ho indicato: sforzandomi di dare una possibile chiave interpretativa di quanto vi accade con l'occhio di chi abbia trascorso nel paese diversi, spero non disattenti anni».

L'Autore per modestia afferma di circoscrivere il suo studio all'ambito sociale ed economico; ma il suo volume offre una ben più ampia prospettiva dell'India, toccando l'aspetto culturale, letterario, spirituale, etnologico, antropologico, senza dimenticare i primi sguardi occidentali sull'India da quando la scoprimmo con Marco Polo, Matteo Ricci e Filippo Sassetti. Allorché ad esempio lo studioso si occupa della società indiana (e dunque delle caste), inevitabilmente il discorso tocca l'aspetto religioso dell'India materializzatosi in struttura sociale; così come quando si occupa dei sistemi della comunicazione, della formazione del consenso, del sistema politico, della stampa, tocca inevitabilmente la cultura e quindi anche la letteratura. Peraltro la bibliografia, vastissima, che spazia nel tempo e che include le discipline più varie, da uno studio su Gandhi (B.R. Ambedkar, *Gandhi and Gandhism*), fino al sistema educativo (Myron Weiner, *The child and the state in India: child labor and education*), all'analisi del sistema militare (The International Institute for Strategic Studies, *The military balance*) invita anche alla lettura di libri più consoni al letterato (Karan Thapar, *Face to face India* e *Sunday sentiments*) e include persino sprovveduti viaggiatori che dell'India ebbero appena un'idea (Moravia, *Un'idea del-*

l'India), che ne colsero l'odore (Pasolini, *L'odore dell'India*) o che la osservarono di notte (*Notturno indiano*).

Ma, mi chiedo, se a quell'epoca di *Notturno indiano* fossi andato in India con la quantità d'informazioni che oggi posseggo, avrei scritto il mio romanzo? E anche se ci fossi riuscito, sarebbe stato lo stesso libro? Certamente no. Sarebbe stato un libro diverso, un libro di chi sa di che cosa parla. Anche se il libro appartiene a chi lo scrisse e il viaggio a chi lo fece, forse il vero "pregio" di quel piccolo romanzo consiste proprio nell'inconsapevolezza di chi compì quel viaggio. A volte l'inconsapevolezza innocente che il teòsofo di Madras scambiò per arroganza può essere un buon salvacondotto in un paese assolutamente sconosciuto.

L'Inde. Que sais-je?

IV.
Taccuino australiano

1. *I miti aborigeni muoiono al museo*

L'accoglienza è dura, fredda, quasi respingente. Mentre stiamo atterrando l'altoparlante informa che appena fermo sulla pista di Melbourne l'aereo (con i suoi passeggeri) sarà "disinfestato" (*sic*) con uno speciale spray approvato dal Consiglio mondiale della sanità per uccidere gli eventuali microbi che potrebbero nuocere alla fauna australiana.

Evidentemente l'Australia adotta le più drastiche misure per proteggere la sua maggiore risorsa economica, un patrimonio zootecnico di tredici milioni di pecore e di ventidue milioni di capi di bestiame. Scambio un'occhiata con mia figlia, che mi accompagna in questo viaggio. Ma su quali microbi avrà mai potere il miracoloso spray? Mistero.

«Il problema è un altro», mi confida uno degli steward di bordo, «creda a me che gli australiani li conosco bene, non è per gli animali, hanno paura delle malattie, hanno paura di contagiarsi». Forse avrò l'occasione di approfondire l'argomento, durante il mio soggiorno, con gli australiani che mi capiterà di incontrare. Effettivamente ci sono popoli che più di altri hanno paura delle malattie. Mentre si diffonde la tipica musichetta da aereo, mi viene da pensare che i popoli che hanno più paura della morte sono quelli a cultura giovane, che si sono affacciati alla Storia recentemente. I popoli più antichi hanno più confidenza con la morte, l'hanno esorcizzata con i riti, con le feste, con i miti. I popoli giovani questa confidenza non ce l'hanno: mangiano vitamine, sprizzano energia e intanto sono terrorizzati dai microbi.

Ed ecco che sull'aereo ormai fermo salgono due uomini che indossano una giacca a quadri come nei film americani degli anni Trenta. Sono armati di due bombolette e cominciano a spruzzare dappertutto per sterminare i pericolosi microbi italiani. E poi tutti giù dall'aereo, in uno stretto corridoio dove il bello deve ancora venire. Perché un Boeing 747 di passeggeri ne porta tanti, e l'aereo che stamani arriva dall'Italia è pieno zeppo: per la maggior parte emigranti che ritornano in Australia dopo le ferie o parenti di emigranti che si recano a visitare le famiglie. La fila procede con una lentezza esasperante, e dopo mezz'ora ne capisco la ragione. All'uscita c'è un'inflessibile poliziotta che fa passare tre persone alla volta e le scorta fino a tre sportelli dove siedono tre suoi colleghi altrettanto inflessibili dai quali bisogna passare per entrare in Australia. Finalmente è il mio turno. Mostro il regolare visto che mi è stato rilasciato dall'Ambasciata australiana di Roma, ma ciò non soddisfa il poliziotto. Vuole saperne di più: dove alloggerò, quanti soldi ho, quanto resterò. Un interrogatorio in piena regola.

Ora sono al nastro dei bagagli e aspetto le valigie. Con un amico, un editore italiano venuto anche lui per il convegno sulla traduzione, commentiamo il fatto, e immaginiamo come reagirebbero gli australiani se all'improvviso arrivasse un'ondata di emigranti come è successo in Europa. Ci scappa da ridere. Un giovane poliziotto mi si avvicina e mi intima scortesemente di mostrargli il passaporto. Ho già passato la barriera, ho risposto a tutte le domande del suo collega, ho il timbro di ingresso sul passaporto. Mi chiede tagliente qual è la ragione del mio viaggio in Australia. Rispondo che sono stato invitato a fare conferenze. Mi mostri la lettera di invito, replica lui. La lettera di invito l'ho lasciata a casa. Mi viene in aiuto l'amico editore che previdentemente ha portato la lettera di invito con sé. Il poliziotto se ne va, e solo allora capisco il motivo per cui è venuto a inquisirmi. Perché ridevo. La mia allegria "disturbava" la sua maniera di pensare, la sua prosopopea, il suo "territorio". La sua era una reazione xenofoba.

Ed eccomi a Melbourne. La percorro in macchina col mio ospite, Carlo Coen, il direttore dell'Istituto italiano di cultura, col quale avevo appuntamento. Gli altri due amici italiani, che poi sono Luigi Brioschi e Maurizio Cucchi, vanno direttamente in albergo. Traffico calmissimo, strade calmissime, gente calmissima. Per chi arriva da una città italiana fa uno strano effetto. E a questo si aggiunge l'estraniamento provocato dallo spazio: grandi spazi con piccole case di legno circondate da giardini e molto distanziate l'una dall'altra. E anche vecchie case di mattoni, con verande di lamiera ondulata, che rivelano un'origine pionieristica.
Scendiamo per Alexandra Avenue, lungo il fiume Yarra, che è il quartiere "bene" della città. Qui le case vittoriane sono di una sobria eleganza, il viale è costeggiato da

querce secolari e da prati impeccabili, e curiosi ponti di ferro attraversano il fiume. C'è qualcuno che fa jogging, un canotto con canottieri che affondano i remi sincronicamente, qualche vecchia signora che passeggia. Un'atmosfera da vecchia Inghilterra, un lembo di Europa trapiantato agli antipodi, un paese con la scorza dei pionieri, come si avverte nei funzionari, mista al ricordo di una antica civiltà.

Ma il motivo per cui ho chiesto al mio ospite di attraversare South Yarra è che, dato che è mattina e che nonostante la stanchezza del viaggio è meglio tentare di adeguarsi subito al nuovo orario, vorrei vedere i Royal Botanic Gardens di cui ho sentito dire meraviglie. E la meraviglia è davvero grande. Un giardino in cui convivono rose e felci, pini e datteri, querce e fichi del Bengala. E moltissime specie sconosciute a me che non sono un botanico ma solo un nostalgico di una natura che ormai in tutto il mondo sembra condannata. Credo che sia la migliore maniera per stabilire un primo "contatto" con l'Australia.

È la tarda mattina di un giorno di festa. C'è il sole e le acacie e le magnolie cominciano a fiorire. Io e mia figlia decidiamo di passare la giornata alla National Gallery of Victoria, il più importante museo di arti figurative di Melbourne. Ho curiosità di vedere un Goya e un Rembrandt che chissà come sono finiti qui.

La National Gallery è a due passi dalla City. Possiamo andarci a piedi. È un edificio modernissimo dall'ardita architettura rischiarato da una vetrata monumentale. È l'ora di pranzo. All'interno del museo c'è un bel ristorante che si affaccia su un giardino con un'immensa magnolia. Ci sono giovani dall'aria intellettuale, due eleganti signore col cappellino, molte coppie di provinciali che vengono certo da lontano e che hanno un'aria abbastanza spaesata. Oltre a un buffet di insalate e piatti freddi, il piatto del giorno è un *meat pie*, che poi è il piatto nazionale australiano, che ci viene servito affogato in una salsa di pomodoro.

Al tavolino accanto al nostro c'è una giovane coppia che parla francese. Hanno un aspetto curato e l'aria sveglia. Attacco discorso e chiedo se sono dei turisti. Sono canadesi del Québec. Emigrati in Australia da due anni, vivono nei dintorni di Melbourne. Lui lavora in una compagnia aerea, lei fa la segretaria in una ditta di import-export. Vengono tutte le domeniche alla National Gallery. «Per vedere Manet e Monet», dice lui come chi non ammette repliche, «i più grandi pittori dell'epoca moderna».

Ero venuto alla National Gallery per Goya e Rembrandt, ma il colpo di fulmine sono tre quadri inaspettati. Il primo è un olio di gialli fiammeggianti di Turner, *A Mountain Scene of Val d'Aosta*, del 1836, uno di quei Turner da capogiro, dove il colore diventa pura astrazione e musica. Poco più avanti, fra quadri francesi piuttosto mediocri, un Bonnard del 1900, *La sieste*, un languido nudo femminile che giace supino su un letto disfatto. E da una parte, come se qualcuno lo avesse dimenticato lì, un Modigliani struggente, *Ritratto del pittore Manuel Humbert*, che mi guarda con gli occhi umidi. Chissà come si sentiranno questi tre quadri in questo museo di architettura modernissima ma che esibisce pitture di ogni epoca e di ogni scuola come in un magazzino.

La parte più affascinante del museo, almeno per noi, sono le sale di arte aborigena. L'Australia ha elevato assai tardi gli aborigeni al rango di cittadini. Solo nel 1967 un referendum nazionale ha assegnato agli aborigeni nazionalità, diritto di voto e libertà di circolazione. E, di conseguenza, come se fosse una legge parlamentare a decretarlo, ha anche "scoperto" la cultura aborigena. Che è stata fatta entrare nei musei. Da quanto ho letto credo di aver capito che «i più sgradevoli selvaggi da guardare», come li definì alla fine del Seicento l'inglese Dampier, sono uno dei popoli più spirituali della terra. La loro cultura non ha bisogno né di templi né sacerdoti, si fonda sull'Età del Sogno, un mitico inizio del mondo, genesi della Terra e dell'uomo, allorché le forze spirituali che governano l'universo si materializzarono per popolare la Terra e dare luogo alla vita. L'olimpo di questi "sgradevoli selvaggi", che trova difficile traduzione per le nostre categorie culturali, è raffinato e astratto, assolutamente mitologico e profondamente animista. Di questo olimpo, alla National Gallery, ci sono due magnifiche pitture di due artisti aborigeni del nostro secolo: Watjinbuy Marawili, che ha dipinto il dio Baru, creatore del Fuoco, e Narritjin Maymuru, che ha dipinto Guwark, l'Uccello della Notte. Sono pigmenti di terra su corteccia d'albero, neri e ocra che formano una sorta di labirinto, la remota geometria di una cultura che la civiltà bianca ha assassinato.

2. *Melbourne, sesso e* credit card

Giornata di lavoro al Beckett Theater. Il convegno riguarda la traduzione: possibilità della traduzione, limiti della traduzione, esperienze di traduzione. I partecipanti, scrittori e critici, hanno tutti esperienza personale del problema: non solo traduzione da altre lingue, ma alcuni anche di traduzioni che potremmo definire "in proprio". Sono cioè scrittori alloglotti, provenienti da altre aree linguistiche, che hanno scelto l'inglese come lingua d'espressione. Si può capire la plausibilità di un simile tema in una terra d'immigrazione come l'Australia. Il convegno è organizzato dall'Istituto italiano di cultura, o meglio da Carlo Coen, che se ne è occupato personalmente.

Cocktail con scrittori a South Yarra. Felice sorpresa di trovare una cara amica, Gaia Servadio, arrivata da Londra. L'ambiente è formale, scrittori e critici sono in blazer e cravatta. All'ingresso due diligenti signorine ci hanno attaccato sul petto un cartellino col nostro nome. All'uso anglosassone, è molto importante conversare chiamandosi per nome. Dopo un'oretta, confido a Gaia Servadio che sono un po' seccato di sentirmi chiamare mister Tebucci, che è come pronunciano il mio nome. Gaia mi propone di scambiare i cartellini: anche lei non sopporta più di essere chiamata misses Servèdio. Così cominciamo ad aggirarci fra gli ospiti, io come Gaia Servadio e lei come Antonio Tabucchi, nessuno fa caso allo scambio, e quando ce ne andiamo ormai io sono mister Servèdio, e lei misses Tebucci. Così ci dicono "bye bye".

Le otto di sera, in giro a piedi per una traversa di Collins Street, nella City di Melbourne. Davanti a un portoncino che sembra una casa sopravvissuta fra i grattacieli mi avvicina un tipo con berretto a visiera e mi porge un biglietto sul quale è scritto: *Malaisyan sex*. Si è abituati a queste cose a Pigalle o ad Amburgo, dove il sesso è reclamizzato con luci al neon e lampadine colorate. Ma qui non c'è nessuna traccia di réclame: solo un portone di ferro che sembra l'ingresso di un garage. Incuriosito, arrivo fino al portoncino. C'è una biglietteria e un cartello molto discreto in tono burocratico informa che pagando pochi dollari questa sera si potrà godere di uno spettacolo di sesso malese. È un locale a luci rosse. E sembra clandestino.

L'Australia è un paese ancora vittoriano, mi ha detto un amico australiano, qui la sessualità è vigilata, la censura è implacabile e tutti i film che passano in televisione sono censurati, solo la SBS trasmette i film in edizione integrale, ma a notte tarda, e non li vede nessuno. E poi, conclude: ti consiglio di vedere le pagine gialle alla voce *Escort*, capirai molte cose.

Alla voce *Escort*, le pagine sono un vero spasso: in ordine alfabetico l'agenzia *All Night* recita: *Young or mature companions*. Si passa ad *Annabella*, si continua con *Linda* e *Fanny*, *Pussy Pussy*, *Spanish Fire* e così via, per diciotto pagine di guida telefonica. Ogni ragazza, fotografata in vesti succinte (o al suo posto l'agenzia), enumera le proprie "qualità" e una puntuale descrizione fisica. Spesso la dizione, oltre che in inglese, è in giapponese. Evidentemente i turisti giapponesi in particolare hanno bisogno di *escort*. Tutte ricevono a casa, ma con il sovrapprezzo necessario vanno anche in albergo. E tutte accettano la carta di credito. Mi chiedo se la Pussy Pussy che raggiunge il turista giapponese nella camera dell'Hilton arrivi con la sua brava borsina dalla quale estrae come se niente fosse la pesante macchinetta per accreditare la carta di credito. Miracoli dell'epoca moderna!

La prostituzione sembra considerata un servizio di pubblica utilità, come le farmacie, gli idraulici e le carrozzerie. E come tale è regolarmente classificata, con burocratica efficienza, sulle pagine gialle. Si tratterà di una forma di perbenismo che regola il commercio sessuale al colpo di telefono, come sostiene il mio amico George, o una pragmatica scelta di sapore tutto britannico?

Piacevole conversazione pomeridiana con il professor Tom O'Neill. Colto, raffinato, con una conoscenza profonda della letteratura italiana, Tom O'Neill è uno scozzese (nonostante il nome) che ha studiato a Dublino e ora ha la cattedra di Italian Studies all'Università di Melbourne. È autore fra l'altro di un'edizione critica del *Contesto* di Sciascia pubblicata dalla Irish Academic Press e di un folto saggio critico su Foscolo, *Of virgin muses and of love*. Conosce Foscolo a memoria. È innamorato di Firenze, dove ha abitato per alcuni anni, e questo fa scattare subito una certa complicità. Mi parla della trattoria da Nello, in Borgo Pinti, e mi chiede se esiste ancora. Così cominciamo a parlare di Firenze, di Stendhal in Santa Croce e della sindrome che porta il suo nome. Pare che fra i turisti il fenomeno sia più diffuso di quanto si pensi, e una psicoanalista italiana sta studiando la nuova sindrome. Tom ride: «In Australia non corri il pericolo», conclude.

3. Dall'università a Hanging Rock

Al Club Malthouse di Sturt Street, lo spazio in cui si svolge il festival degli scrittori. Lunga conversazione con

Mark Worner e con Brian Matthews. Oggi c'è un cocktail di "fraternizzazione" e sono venuto a fraternizzare. Mark Worner è il direttore letterario del Melbourne International Festival. Mi dice che il festival è cominciato nel 1986 con Spoleto-Melbourne, quando era diretto da Giancarlo Menotti. Poi loro hanno deciso di fare da soli. È molto fiero della sua iniziativa, il loro scopo è soprattutto far conoscere gli scrittori australiani all'estero e gli scrittori stranieri in Australia.

Brian Matthews è uno scrittore molto stimato dalla critica australiana ma poco conosciuto in Italia. È considerato vicino alle posizioni delle femministe, che qui sono molto attive, e non capita tutti i giorni di trovare uno scrittore "femminista". Mi dice che sì, il suo *Quickening and Other Stories*, che è il libro che gli ha valso la notorietà, è un libro che parla del rapporto uomo-donna, ma non lo definirebbe "femminista". In realtà è un libro critico per gli uni e per le altre, un libro che vuole indagare il rapporto sfuggente e difficile che c'è sempre fra uomo e donna. *Louisa* è invece la biografia della madre del grande poeta australiano Henry Lawson, una donna che fu certamente una proto femminista. Se i racconti gli hanno dato la notorietà, *Louisa* gli ha dato il successo, e Brian ne è fiero. Gli chiedo se l'Australia sia un paese patriarcale. Risponde di sì. Replico che le mogli dei coloni devono essere state fondamentali per la storia del paese. Forse più degli uomini, risponde lui, ma la storia ufficiale non ne parla.

La Melbourne University è un campus a Parkville, ai bordi della città, un vasto spazio di edifici bassi immersi nel verde. Sul retro c'è un grande parcheggio sotterraneo e poi si deve andare a piedi. Tom O'Neill mi ha invitato a fare una conversazione con gli studenti di italiano. Il dipartimento di italianistica, con quello di francese, conta circa duecento iscritti al quadriennio. Devo parlare agli studenti del primo anno, perché il sistema adottato dal dipartimento inizia dalla letteratura contemporanea, linguisticamente più abbordabile, per venire all'Ottocento e ai classici negli anni successivi. Quest'anno il professor O'Neill ha adottato come testo di lettura *Notturno indiano*. L'università ha ottime strutture: una bellissima biblioteca che resta aperta anche la sera, aule spaziose e pulite, due mense per gli studenti, una più cara dove si è serviti al tavolo e una più economica self-service che si chiama Pizza House.

Gli studenti di italiano sono gentili, compunti, educati, alcuni con la cravatta, altri più sportivi, con i jeans. Ce n'è anche un paio con l'orecchino e i capelli cortissimi. Molti sono di origine italiana ma, mi spiega O'Neill, anch'essi frequentano il laboratorio linguistico perché la cultura linguistica di famiglia è quasi sempre dialettale.

Dopo la conferenza, uno studente di famiglia marchigiana mi chiede com'è l'università italiana. Magari pensa di andare a studiare in Italia, chissà. Niente mense come le vostre, gli dico, niente biblioteche aperte fino a sera, niente luoghi in cui studiare, niente sale di riunione. Lui mi guarda poco convinto e vedo che vorrebbe farmi altre domande. Finalmente arrivano le domande sulla letteratura.

Si pranza alla Staff House, che è come dire la Casa del Professore, un perfetto club all'inglese con tanto di biblioteca, caminetto acceso, comode poltrone, pianoforte e sala da pranzo.

Intervento al Writer's Festival. Paolo Bartoloni, giornalista e scrittore australiano di famiglia italiana, imposta la conversazione sull'*Angelo nero*. Il pubblico segue comunque con attenzione. Gli interventi degli ascoltatori sono numerosi e circostanziati. Una ragazza italiana si inserisce nella conversazione chiedendomi cosa deve fare uno scrittore per opporsi alla americanizzazione che sta travolgendo il mondo.

Salta su un altro studente e mi chiede secco secco: perché a lei interessa il male? Perché sto invecchiando, rispondo, quando si ha la sua età si ha un rapporto più solare con la vita, alla mia età si vedono più facilmente i lati negativi. Il ragazzo sembra soddisfatto. Le altre domande sono più generiche: com'è la situazione della letteratura in Italia, cosa fa il governo italiano per la letteratura (ahi ahi), quali sono gli scrittori australiani conosciuti. Poi si passa alla lettura. I reading degli scrittori, di tradizione anglosassone, qui sono molto amati.

E con ciò i miei impegni in questa città sono terminati. Mi resta ancora un giorno libero, poi lascio Melbourne.

Picnic a Hanging Rock. Si parte presto la mattina. La spedizione è composta da me e mia figlia, Maurizio Cucchi e Paolo Bartoloni. Dopo la lunga traversata di Melbourne, una periferia fatta di casette di legno dipinte di bianco e di azzurro, ecco la campagna: spazi immensi a perdita d'occhio, un orizzonte infinito.

Dopo alcuni chilometri ci si sente leggermente storditi dalla monotonia del paesaggio e al primo borgo ci fermiamo a prendere un caffè. Potrebbe essere un luogo del West americano, come si vede al cinema: la stazione di servizio con lo snack-bar, l'edificio delle poste, venti case dipinte di bianco. Il tutto pulito e ben tenuto. Dall'altra parte della strada c'è un negozietto di artigianato. La commessa è una sorridente ragazza che mi porge subito un dépliant. Il negozio è gestito da un'associazione di aiuti agli aborigeni e vende artigianato aborigeno. Compro due o tre piccoli oggetti e ripartiamo. Per arrivare a Hanging Rock bisogna lasciare la strada nazionale.

Arriviamo con la macchina fino a un parcheggio abbastanza lontano dal "pietrone", poi proseguiamo a piedi. Il luogo è deserto, siamo gli unici visitatori. Del resto non è la stagione adatta ai picnic, è una timida primavera e fa piuttosto freddo. Intanto si è alzato un vento fastidioso che piega i rami degli eucalipti. Su una palazzina ci sono degli strani uccelli grigi (si chiamano *kookaburra*) che litigano emettendo un suono che sembra una risata di scherno. Il luogo è sinistro, sul lugubre. Hanging Rock è un enorme masso rossastro e giallastro emerso come per incanto nella piattezza della campagna. La guida (Lonely Planet, come sempre) sostiene che si tratta di un "tappo vulcanico", un ammasso di lava condensatosi in epoca remotissima sull'apertura di un'eruzione a fior di terra. In questo luogo, nel 1900, tre ragazzine di un collegio elegante, in gita con le loro insegnanti, scomparvero misteriosamente. Si creò immediatamente la leggenda di un luogo stregato e sull'avvenimento furono scritti fiumi di parole. Salendo, penso perché mi era piaciuto il film di Peter Weir. Perché il regista aveva fatto di questa strana formazione rocciosa un'allegoria e un simbolo: l'immagine di un continente remoto e misterioso, che la civiltà europea non ha mai capito. Hanging Rock è l'Australia, la ragazzina l'innocenza. E i sudditi di Sua Maestà che arrivarono qui, ladri di un mondo vergine.

Ai piedi della roccia c'è una baracca di legno che vende souvenir e ha uno snack-bar. Entriamo a dare un'occhiata. Il proprietario è un uomo con l'aspetto di *farmer* e il viso segnato dalle intemperie. Gli chiedo delle diapositive, ma mi risponde che sono finite: in questa stagione non ci sono praticamente visitatori. Compro alcune cartoline e poi, visto che il tempo è inclemente, ci fermiamo a rifocillarci prima di cominciare la salita. Sono in coda al gruppetto, la salita è faticosa, le rocce rotondeggianti sono scivolose e non ho le scarpe adatte. Mi seggo su una pietra, scatto qualche fotografia a quello strano paesaggio. Senza accorgermene, ho lasciato passare un po' di tempo, e sopra la mia testa, senza che però riesca a vedere qualcuno, sento la voce preoccupata di Maurizio Cucchi che chiede a mia figlia: «Dov'è tuo padre?».

«Sono scomparso!». L'eco ripete le mie parole come se fossero rimbalzate nelle grotte. Sento una risata e il gruppetto scende. È pomeriggio inoltrato, è ora di rientrare a Melbourne.

4. *Canguri a Canberra*

Canberra. Chi avrebbe mai pensato di andare a Canberra?

Me lo chiedo mentre con mia figlia ci stiamo recando al Black Mountain, la torre della televisione che domina Canberra, sulla quale c'è un ristorante girevole che permette di ammirare il panorama della città. Non c'è nessuna ragione, nella vita, per visitare Canberra. Canberra è una città artificiale, costruita dal nulla come capitale federale per ovviare alla rivalità fra Melbourne e Sydney. Il suo ideatore fu un architetto americano dal disegno dozzinale, Burley Griffin, che dette il via ai lavori nella prima decade del Novecento, costruzione che continuò negli anni Venti e Trenta. Oggi è una città di poco più di duecentomila abitanti, mi hanno detto che ci si annoia a sangue (e questo si capisce appena si atterra) e che i più fuggono il fine settimana, soprattutto i funzionari delle ambasciate, che sono obbligati a vivere qui. Oltre alle ambasciate, di per sé non attraenti, in effetti a Canberra non c'è assolutamente niente.

Per raggiungere la torre della televisione ho dato retta alla mia guida, *Australia, a travel survival kit*, che consiglia di prendere la corriera Canberra Explorer oppure di venire a piedi, perché è una piacevole passeggiata. Abbiamo perduto la corriera e siamo venuti a piedi, ma la "passeggiata" è risultata piuttosto faticosa. Incontriamo due piccoli canguri che mangiano saltellando ai bordi della strada. La mia guida aveva ragione: appena fuori città potrete incontrare canguri dall'aria domestica come cagnolini.

Canguri a Canberra. Mi siedo su una pietra, li osservo e chiedo a mia figlia: «Ma perché siamo venuti a Canberra?». Lei ci pensa e dice: «Sai quel nostro vicino ciarliero che attacca sempre bottone per vantarsi dei suoi magnifici viaggi? Gli mandiamo una cartolina da Canberra, vediamo che faccia fa».

La vista della città, dall'alto della torre, è ancora più deprimente. Si vede perfettamente la forma a ipsilon del tracciato urbano, l'esatta geometria delle strade, il lago artificiale. Provo lo stesso malessere che provai a Brasilia, la sensazione di non essere da nessuna parte, la grande voglia di scappare. Ma ormai siamo a Canberra, almeno fino a domani, e daremo a questa sosta una nobile ragione. Domani visiteremo l'Australian War Memorial, il grande monumento ai centomila soldati australiani caduti per la vecchia Europa. Perché il fatto che questi soldati siano venuti a morire per l'Europa da un posto così lontano merita un omaggio. Forse sono venuto a Canberra, inconsciamente, perché volevo rendere omaggio a dei soldati venuti da tanto lontano per combattere il fascismo in Europa.

Dimenticavo di dire che Canberra è un nome aborigeno che significa "punto d'incontro".

5. *Sidney*

Arrivando in aereo la sera, Sydney sembra una città infinita: ha quattro milioni di abitanti ma si estende per un diametro di oltre cento chilometri. Qui si è realizzato il sogno australiano della casetta con giardino, della campagna in città. Ma la City è tutt'altra cosa, una città nella città, e sembra un incrocio fra Hong Kong e Londra. All'aeroporto è venuto a ricevermi Angelo Carriere, dell'Istituto italiano di cultura di Sydney, che mi aspetta all'uscita con un giornale italiano sotto il braccio. È una persona gentile e premurosa che mi dà il benvenuto e ci accompagna fino al mio albergo.

È mattina. Dopo una visita al Teatro dell'Opera, passeggiata all'acquario di Sydney, una bianca costruzione sulla baia. Seguendo mia figlia oso infilarmi nei tubi di plexiglass sottomarini che penetrano nelle vasche degli squali. Ci sono squali di tutti i tipi e di tutte le dimensioni che spalancano le fauci a due centimetri dal nostro viso. Qualche turista giapponese scatta fotografie. Poi i pesci tropicali. Mi colpisce un *giant crab*, un granchione largo un metro che respira placidamente adagiato sul fondale. Ma soprattutto una cernia dalle dimensioni mostruose immobile nella sua vasca di vetro. Sarebbe piaciuta a Hieronymus Bosch.

A quaranta chilometri dalla City di Sydney, oltre Parramatta, sorge un grande Koala Park dove si possono ammirare i koala in libertà. La vita di questi orsacchiotti dall'aspetto buffo e dal grosso naso umido è praticamente vegetativa: mangiano e dormono. Si nutrono delle foglie più tenere degli eucalipti, che hanno un effetto soporifero, e si addormentano. Li si possono prendere in braccio, basta fare attenzione alle unghie che sono molto affilate. Appena sentono il calore del corpo chiudono gli occhi con aria beata e schiacciano un pisolino.

Visita all'Australian Museum, fra William e College Street. È un museo di scienze naturali, con una magnifica collezione di uccelli e insetti australiani. Ma ospita soprattutto una grande sezione dedicata alla cultura aborigena, ed è questo che ci attira. Strumenti, oggetti, totem, calchi di pitture rupestri: qui la cultura aborigena è catalogata con cura, spiegata e commentata. Il museo è frequentato da scolaresche. I ragazzi sono attenti, incuriositi, ascoltano a bocca aperta le spiegazioni dei professori, prendono appunti. Domani forse ci faranno il tema in classe. Penso ai paradossi della Storia: una civiltà ne distrugge un'altra e poi la mette nel museo. In uno splendido, modernissimo museo.

Il signor Gustavo è un livornese che nel 1967 è emigrato in Australia. Fa il meccanico, vive a Sydney, è sposato e ha due figli grandi. Ci siamo conosciuti sull'aereo e lui mi ha dato il suo indirizzo. Gli telefono per invitarlo a cena, e lui mi invita a prendere un aperitivo a casa sua. Mia figlia va a cena con la figlia di Angelo Carriere e io sono curioso di vedere come vive un operaio italiano emigrato in Australia. Per raggiungere casa sua mi ci vogliono quaranta minuti di taxi, perché abita nella periferia nord-ovest della città. È una casetta bianca e azzurra rivestita di legno. Nel tinello c'è un grosso quadro a olio con il monumento dei Quattro Mori del porto di Livorno. Lo ha dipinto il signor Gustavo e ne è molto fiero. La moglie è un'australiana dagli occhi azzurri che è stata in Italia solo per il viaggio di nozze, ma con l'italiano se la cava bene. I figli sono due ragazzoni con i capelli a spazzola, l'italiano lo parlano stentatamente, ma ogni tanto esclamano "deh!", alla livornese. Il signor Gustavo mi invita a uscire per cenare e la famiglia resta in casa. Il quartiere è una sterminata periferia fatta di casette, con qualche insegna al neon. Raggiungiamo un piccolo ristorante la cui insegna al neon dice "Italian Food". Sul menù, minestrone, cacciucco, triglie alla livornese. Il proprietario si chiama Anselmo, un livornese che vive in Australia da trent'anni. Un cacciucco simile si può mangiare all'Ardenza o sul porto di Livorno. Il signor Gustavo è contento di avermi portato in un posto che mi piace, mi parla della sua vita in Australia, dice che ormai non può più tornare in Italia perché i suoi legami sono tagliati, aveva una vecchia madre che è morta quest'anno, per questo è venuto in Italia. Ormai la sua vita è qui, sta bene, guadagna bene, è contento. Ma dell'Italia prova nostalgia.

Al conto c'è una piccola discussione, ci terrei a invitarlo. Ma devo cedere, si offenderebbe. A buon rendere a Livorno, gli dico. Ci salutiamo come vecchi amici, tutti e due sicuri che non ci vedremo più. Poi arriva un taxi.

L'ornitorinco, o *platypus*, l'animale più surrealista del mondo. Andiamo a guardarlo nello zoo di Sydney, in un ambiente che riproduce il suo habitat naturale. Vive soltanto in Australia, e col canguro ne è il simbolo. Ha uno stile di vita piuttosto bizzarro. Abita rive di fiumi e di laghi, dove mangia, nuota e scava gallerie. È l'unico animale al mondo a possedere il becco, la pelliccia e le zampe palmate. Può stare fino a otto minuti sott'acqua. Depone le uova ma è un mammifero, perché allatta i piccoli. Si nutre di vermi, di insetti e di larve. Non si lascia avvicinare, è irritabile e attacca il disturbatore. Sotto la palma ha un artiglio velenoso col quale si difende. Peccato che i surrealisti non lo abbiano incluso nei loro bestiari, preferendogli unicorni e ippogrifi: persero un'occasione. Anche Apollinaire se ne dimenticò. Ma le avanguardie storiche non conoscevano l'Australia.

Il Boeing dell'Alitalia corre sulla pista di Sidney. Poi è lo sterminato panorama della città. Penso a quello che ho visto in questo viaggio. Australia. Un continente più grande dell'Europa, con solo diciotto milioni di abitanti. Un paese che fa rigorosi controlli di frontiera e che tuttavia è pronto ad accogliere i profughi vietnamiti dei *boat-people*.

Un paese pacifico, multiculturale, con una solida democrazia, ma che prima ha annientato gli aborigeni. Un paese senza il nucleare, dove il servizio militare non è obbligatorio e dove agli alunni delle elementari, maschi e femmine, si insegnano, fra le altre discipline, quattro cose: cucire un bottone, lavare e stirare una camicia, rifare un letto e preparare un normale pasto per due persone. È materia d'esame.

Bye bye, Australia.

V.
Oh, Portogallo!

La Lisbona di un mio libro

Il mio romanzo *Requiem* reca per sottotitolo *Un'allucinazione*. Il protagonista, che in un pomeriggio d'estate sta leggendo un libro all'ombra di un albero in campagna nei pressi di Lisbona, come per sortilegio si trova proiettato su uno dei moli del porto della città. Probabilmente si è solo addormentato, ma entrato nel suo sogno ha come Alice "attraversato lo specchio" raggiungendo quello spazio in cui il sogno diventa più reale del reale: lo stato allucinatorio.

Ma oltre che un'allucinazione, il romanzo è anche un vagabondaggio, un'erranza attraverso la città che non risponde a nessuna logica topografica. Alla fine di questo percorso illogico resta forse l'idea di una città, come da alcune tessere sparse di un mosaico si può avere l'idea dell'intero mosaico. Proviamo a ricostruirlo.

Il percorso parte dal molo di Alcântara, dove sorge l'omonima stazione marittima. Non è un caso, perché il protagonista "sa" di avere alle dodici un appuntamento con un grande poeta portoghese defunto mai nominato. Una sorta di Convitato di Pietra che forse è Fernando Pessoa. Il molo di Alcântara era infatti un luogo prediletto da uno degli eteronimi di Pessoa, Álvaro de Campos, ingegnere navale laureatosi a Glasgow e dandy senza professione a Lisbona, che nella sua fase "futurista", prima di raggiungere un ironico e disperato pessimismo, su quel molo compose bellissime odi furibonde e magniloquenti evocando le scoperte marittime del Portogallo cinquecentesco.

Alcântara non è un luogo bello: il Tago si allarga fino a diventare un mare, è un paesaggio di ferraglie e di attracchi, di pontili e di soprelevate, dominato dai piloni del mastodontico ponte che attraversa la foce del Tago. E proprio ad Alcântara, che è per antonomasia il cuore del porto di Lisbona, il romanzo si conclude, in un locale stravagante, l'Alcântara-Café, un immenso ristorante ricavato da una vecchia fabbrica (architettura industriale), con un ambiente dal *décor* postmoderno e un'atmosfera irreale come quella che il protagonista del libro sta vivendo.

Rientrando da Alcântara verso la città (l'avenida che costeggia il Tago è molto lunga, meglio percorrerla con uno dei caratteristici tram gialli di Lisbona), dopo il Cais do Sodré e dopo aver percorso la ripida rua do Alecrim, comincia il Chiado, la zona elegante della capitale. Continuiamo ovviamente a seguire il percorso del protagonista di *Requiem*, che si reca al caffè della Brasileira. Si tratta di uno dei più celebri e tradizionali caffè della vecchia Lisbona, dove da sempre si danno appuntamento i letterati cittadini. Qui, all'inizio del Novecento, si incontrava il gruppetto di amici che sotto la guida di Pessoa avrebbe dato vita alla rivista d'avanguardia "Orpheu"; ma poi l'avrebbero frequentata anche gli intellettuali marxisti di "Seara Nova" e, negli anni Cinquanta, in piena epoca salazarista, gli scrittori impegnati del neorealismo e del surrealismo.

La sosta del protagonista è brevissima. Comprata una bottiglia di champagne ghiacciato, "sa" che deve visitare la tomba di un amico al cimitero monumentale di Lisbona dall'insolito nome di Cemitério dos Prazeres (alla lettera Cimitero dei Piaceri). Seguiamolo. Le lapidi sono sobrie, l'architettura delle cappelle discreta, l'erba dei prati impeccabile, la pace, ovviamente, eterna. Il piacere, oltre alla vista di un superbo panorama del Tago, è poter sostare *ad libitum* su una panchina dei viali di cipressi senza essere disturbato, fuor di metafora, da anima viva.

Nel libro, con un salto illogico, come succede nei sogni, il protagonista si trova in un vecchio appartamento accanto alla Sé, la cattedrale romanica. Siamo nel quartiere del castello di São Jorge, viuzze che si inerpicano su case modeste, osterie, botteghe, vecchietti che oziano sulle panchine, artigiani. Da qui si domina il quartiere di Alfama, e qui c'è il belvedere più bello di Lisbona, il Miradouro de Santa Luzia: un terrazzato con maioliche del Settecento con una monumentale bouganvillea. Qui, nell'osteria del signor Casimiro, il mio protagonista e il fantasma del suo amico Tadeus, vanno a mangiare un *sarrabulho,* micidiale piatto di frattaglie di maiale cotte nel sangue e nel vino.

Per fare la digestione ci si può aggirare all'interno della praça da Ribeira, il mercato centrale di Lisbona. Aragoste minacciose, cernie monumentali, *varinas* (cioè "pescivendole") più monumentali delle loro mercanzie. Ma il pesce più straordinario lo si può ammirare nel trittico delle *Tentazioni di Sant'Antonio* di Bosch del Museo di Arte Antica detto anche Museu das Janelas Verdes (cioè delle Finestre Verdi, dal nome della strada); è un pesce che viaggia per il cielo cavalcato da due misteriosi personaggi. È proprio a due passi. Si attraversa un androne spoglio e si entra nel museo più ricco di Lisbona (primitivi portoghesi, arte rinascimentale, arte indoportoghese, giapponeserie).

E poi? E poi la città è vasta e vasto l'animo del personaggio che nella mia storia la percorre alla ricerca di ricordi e di fantasmi. Ma non potrà mancare una sosta alla Casa do Alentejo, club dell'Ottocento sopravvissuto a se stesso, in uno stravagante stile moresco, con sale di teatro e di ristoro. In questo club i proprietari terrieri dell'Alentejo, la regione dei latifondi del Sud, venivano a giocare a biliardo e a bere vino di Porto quando si trovavano a Lisbona per affari o per puttane. Siamo nella Baixa, se ne può approfittare per una passeggiata fino alla vicina praça do Comércio, una settecentesca quinta di teatro sovrastata dalla statua corrosa dal salmastro del re Don José. Nell'epoca coloniale, quando arrivavano mercanzie dall'India e dal Brasile, i vascelli attraccavano proprio qui, a praça do Comércio.

Ma intanto è calata la sera, la piazza si affaccia sull'acqua e i traghetti illuminati che attraversano il Tago invitano alla malinconia. C'è aria di *saudade*, meglio evitarla. Il trenino per Cascais parte dal Cais do Sodré. Senza entrare in Cascais, cittadina alla moda e meta turistica, si può prendere la estrada do Guincho. E dopo avere passato la Bocca dell'Inferno, dove l'Oceano ruggisce in maniera assordante, si arriva al Cabo da Roca, il punto più occidentale d'Europa. Scogliere scoscese, spiagge vastissime battute dal vento, ville solitarie. E le case dei fari, naturalmente. Fari che avvisano i naviganti e che ora, con la loro luce intermittente, sembrano lanciare un segnale all'amante di percorsi illogici il quale, a causa di un romanzo, si trova a percorrere un luogo di misteriosa bellezza.

Per fortuna c'è qualche osteria nei pressi. Vi si mangiano *amejoas à bulhão pato* (vongole con cipolla e coriandolo) e *carne de porco à alentejana* (carne di maiale con frutti di mare). Fuori incombe la notte atlantica, ventosa nei giorni d'estate, nebbiosa nelle altre stagioni. È tempo di rientrare a Lisbona, è quasi mezzanotte. Del resto il mio *Requiem* finisce a mezzanotte e il protagonista si ritrova, come per un incantesimo, sulla sdraio sotto il gelso dove si era addormentato. Forse si sveglia, questo non lo so. O forse proprio in quel momento comincia a sognare.

Lisbona. Rua da Saudade

I turisti sono rimasti nella strada sottostante, davanti alla cattedrale medievale, in questa collina di Lisbona dove sorge il castello di São Jorge. Avete preso una vostra iniziativa, perché la cattedrale (Sé, in portoghese, contrazione del latino "sede", perché era anche la sede vescovile) e il castello di São Jorge sono due luoghi obbligatori per il visitatore, due simboli della città, fra i pochi monumenti medievali risparmiati dal terribile terremoto che devastò Lisbona nel 1755. Ma probabilmente li avete già visti, da soli o con gli eventuali compagni di viaggio, o li vedrete fra poco, perché ai monumenti obbligatori di una città non ci si può né ci si deve sottrarre. Qui invece, in rua da Saudade, a pochi metri dalla cattedrale, non viene mai nessuno. L'occasionale visitatore di Lisbona non ha nessun motivo di venirci, perché apparentemente non c'è niente che lo giustifichi, ed è per questo che la guida che portate in tasca, anche la più minuziosa, sicuramente non ve la segnala.
Ma ci sono delle ragioni che sfuggono anche alle guide migliori. In questo caso la *saudade*, cui peraltro è dedicata questa piccola strada. La *saudade* è parola portoghese di impervia traduzione, perché è una parola-concetto, perciò viene restituita in altre lingue in maniera approssima-

tiva. Su un comune dizionario portoghese-italiano la troverete tradotta con "nostalgia", parola troppo giovane (fu coniata nel Settecento dal medico svizzero Johannes Hofer) per una faccenda così antica come la *saudade*. Se consultate un autorevole dizionario portoghese, come il Morais, dopo l'indicazione dell'etimo *soidade* o *solitate*, cioè "solitudine", vi darà una definizione molto complessa: «Malinconia causata dal ricordo di un bene perduto; dolore provocato dall'assenza di un oggetto amato; ricordo dolce e insieme triste di una persona cara». È dunque qualcosa di straziante, ma può anche intenerire, e non si rivolge esclusivamente al passato, ma anche al futuro, perché esprime un desiderio che vorreste si realizzasse. E qui le cose si complicano perché la nostalgia del futuro è un paradosso. Forse un corrispettivo più adeguato potrebbe essere il *disìo* dantesco che reca con sé una certa dolcezza, visto che «intenerisce il core». Insomma, come spiegare questa parola?

È proprio per questo che allontanandovi di pochi metri siete venuti qui. Perché dall'alto di questa piccola strada lo sguardo abbraccia tutta la città e l'enorme foce del Tago. E poco più avanti l'Oceano, e l'infinito orizzonte. L'ignoto portoghese che dette il nome a questa strada certamente aveva guardato bene il panorama. Un grande linguista ha detto che è impossibile spiegare il senso della parola formaggio a una persona che non ha mai assaggiato un formaggio. Per capire cos'è la *saudade*, dunque, niente di meglio che provarla direttamente. Il momento migliore è ovviamente il tramonto, che è l'ora canonica della *saudade*, ma si prestano bene anche certe sere di nebbia atlantica, quando sulla città scende un velo e si accendono i lampioni. Lì, da soli, guardando questo panorama davanti a voi, forse vi prenderà una sorta di struggimento. La vostra immaginazione, facendo uno sgambetto al tempo, vi farà pensare che una volta tornati a casa e alle vostre abitudini vi prenderà la nostalgia di un momento privilegiato della vostra vita in cui eravate in una bellissima e solitaria viuzza di Lisbona a guardare un panorama struggente. Ecco, il gioco è fatto: state avendo nostalgia del momento che state vivendo in questo momento. È una nostalgia al futuro. Avete sperimentato di persona la *saudade*.

Al caffè con Pessoa

La Brasileira do Chiado, uno dei più illustri caffè letterari di Lisbona, si trova nel cuore della città, nel quartiere ricostruito con criteri illuministici dal marchese di Pombal dopo il terremoto che nel 1755 distrusse Lisbona. E davanti al caffè, praticamente in mezzo ai tavoli della terrazza, da qualche anno è collocata la statua in bronzo del poeta che della Brasileira fu un affezionato *habitué*: Fernando Pessoa. È piuttosto raro che in una stessa città le statue di due poeti si trovino a pochi metri l'una dall'altra. Succede a Lisbona, e si può interpretare come un ottimo segno. L'elegante piazzetta dello Chiado, dove si trova la Brasileira, è infatti dedicata al poeta cinquecentesco António Ribeiro Chiado, la cui piccola statua, anch'essa in bronzo, lo raffigura con una smorfia di scherno sul volto, come di scherno fu la sua poesia. Il Portogallo ha una lunga tradizione di poesia irriverente e satirica, fin dai trovatori medievali, ed è un genere poetico che gode di alta considerazione, come in ogni paese civile, perché si sa che senza la satira ogni monarca (o figura analoga) sarebbe un monarca assoluto, un tiranno.

A pochi metri da quel volto beffardo c'è il volto indecifrabile di Fernando Pessoa con un sorriso ironico sulle labbra. Lo scultore Lagoa Henriques lo ha scolpito come se fosse davvero al caffè, seduto su una seggiola e con la gamba posata a sette sull'altra (una posizione disinvolta che stona con il personaggio). L'ironia è spesso palese nei suoi versi, ma forse è il suo pensiero che è ironico, dotato cioè di quella «coscienza ironica», per usare le parole di un filosofo francese, che lo fece pensare che noi siamo Uno, Nessuno e Centomila e che gli permise di creare la sua commedia umana in poesia. Così si inventò un nugolo di poeti e di scrittori, i suoi eteronimi. Álvaro de Campos, ingegnere navale laureatosi a Glasgow, dandy disoccupato a Lisbona, fu dapprima futurista per gioco poi autore di odi sensuali e furibonde poi ancora amaro pessimista lettore di Pascal e di Nietzsche e infine nichilista senza appello. Ricardo Reis, classicheggiante e pagano, una sorta di Omar Khayyám novecentesco, cantò la futilità della vita e la necessità dello stoicismo («siediti al sole, abdica / e sii re di te stesso», dice un suo verso). Alberto Caeiro, considerato il maestro di tutti gli altri, impassibile osservatore del reale, fu un poeta-filosofo che adoperò la fenomenologia per parlare del mistero delle cose. Di se stesso scrisse: «Se dopo la mia morte qualcuno volesse scrivere la mia biografia, bastano due date, quella della mia nascita e quella della mia morte: fra l'una e l'altra tutti i giorni sono miei». E poi Bernardo Soares, che viveva in una delle mansarde che si vedono dalla Brasileira, modesto commesso di un negozio di tessuti, autore del *Libro dell'inquietudine*, un diario fatto di prose impressioniste, di descrizioni di Lisbona, di vagheggiamenti, di sogni, di viaggi mai fatti. E il filosofo António Mora, autore di un trattatello sul ritorno degli dèi, e il Barone di Teive, pensatore di discendenza leopardiana, e il poeta inglese Alexander Search e infine il Pessoa Ortonimo, cioè colui che si firmava Fernando Pessoa (ma era proprio lui o un altro?). Insomma, un'intera letteratura, un'opera sterminata che da sola riempirebbe un secolo.

Ma Pessoa oltre ai poeti a cui dette vita, ebbe una sua vita: amori, dissapori, felicità, entusiasmi. Di pensiero aristocratico e conservatore, odiò però i totalitarismi comunisti e fascisti, ebbe in uggia il salazarismo e Salazar, che sbeffeggiò in poesie all'epoca ovviamente impubblicabili e edite solo recentemente. Creò movimenti e riviste letterarie. Visse per lo più in modeste camere d'affitto fin quando, nel 1920, ebbe una stanza tutta per sé nella casa di rua Coelho da Rocha (oggi casa-museo), che aveva cercato per la famiglia rientrata dal Sudafrica. Fu al caffè della Brasileira do Chiado, dove andava ogni pomeriggio, che con i suoi compagni fondò la rivista "Orpheu" e i grandi movimenti d'avanguardia della sua epoca.

La Brasileira ha mantenuto praticamente la decorazione originaria: i tavoli, gli specchi, alcuni quadri. Il caffè espresso all'italiana è di ottima qualità, e prenderlo a un tavolo della terrazza, in compagnia di quel signore dal sorriso ineffabile, non capita tutti i giorni.

Il Palazzo Fronteira

Pascal Quignard è noto in Italia soprattutto per un romanzo molto bello, *Tutti i mattini del mondo*, da cui è stato tratto un film altrettanto bello di Alain Corneau che ha ricevuto un ottimo successo di critica e di pubblico. Romanziere, saggista, fine musicologo, meriterebbe anche da noi una conoscenza più approfondita e una diffusione più ampia. Elegante e coltissimo, dotato di un rigore stilistico di sapore flaubertiano, possiede una scrittura limpida e asciutta, con un idioletto estetico di immediata riconoscibilità. Lo attrae soprattutto l'epoca barocca della Francia e di altri paesi. Sedotto da uno dei più bei palazzi portoghesi, il Palácio Fronteira di Lisbona, ha scritto un mirabile testo d'invenzione che accompagna le fotografie degli *azulejos* che tappezzano le sale e il giardino di questa insolita magione, una volta in piena campagna e ora inghiottito dalla prepotente *banlieue* di Lisbona, che il marchese di Mascarenhas fece costruire nel diciassettesimo secolo (Pascal Quignard, *La Frontière. Azulejos du palais Fronteira*).

Uomo di spada e di avventura, il marchese di Mascarenhas partecipò alla congiura di palazzo che nel 1640 mise fine alla breve dominazione spagnola sul Portogallo.

Successivamente viaggiò per l'India portoghese, partecipò a varie azioni militari, si coprì di gloria, ritornò in patria e si ritirò nel palazzo che fece costruire nelle campagne di Benfica. Lo fece ricoprire di *azulejos*, e la storia vuole che sia stato lui a disegnare i soggetti delle bizzarre maioliche che oggi costituiscono uno dei tesori del Seicento portoghese, con disegni esoterici (misteriosi cavalieri, animali fantastici, scimmie musicanti, gatti ieratici) sui quali si è sbizzarrita la fantasia degli esegeti. Allo scrittore francese tutto ciò ha ispirato un magnifico racconto la cui suggestione non è inferiore alle stregate scene dei pannelli di *azulejos*, una storia di amori malvagi e di vendette, di evirazioni e di delitti.

Non svelerò nei dettagli la trama della storia, che mette in scena personaggi storici come lo stesso marchese di Mascarenhas, certi cavalieri dell'epoca, il re Don Afonso VI e il suo perfido successore. È una storia tenebrosa, raccontata con quella fredda eleganza che spesso i narratori francesi posseggono. Starebbe bene da sola in un libro a sé, una storia da leggere in italiano, fantastica come essa è e al contempo così verosimile e piena di riferimenti alle vicende portoghesi dell'epoca. Monsieur de Jaume, un nobile avventuriero francese protetto dal marchese di Mascarenhas, tesse una trama paziente e diabolica durante tutta la vita, e alla fine riesce a mettere in pratica il suo crudele disegno. Ma il destino, che Pascal Quignard interpreta come *fado* (destino) portoghese che non risparmia nessuno, non lo lascerà indenne, e Monsieur de Jaume dovrà espiare le sue colpe. Una insospettabile Dama di Oeiras, bersaglio delle sue brame, si vendicherà atrocemente su di lui. E la storia portoghese, come se seguisse le trame dei personaggi di finzione, vivrà a sua volta un momento di vendetta.

Il Palácio Fronteira è l'abitazione dell'attuale marchese di Mascarenhas, ma è anche museo aperto al pubblico. Consiglio una visita nella bella stagione, perché il giardino all'italiana, elegantissimo, merita una passeggiata. Fra l'altro gli *azulejos* delle panchine non sono inferiori a quelli della facciata. Anzi, ce n'è una che merita una sosta particolare: poiché le maioliche si erano irrimediabilmente deteriorate, sono state disegnate da una grande pittrice contemporanea, Paula Rego, un'artista che in quanto a forza visionaria non è da meno degli antichi maestri. La sua panchina, che si chiama *Fogo*. Ha figure che "bruciano", impossibile sedervisi.

Alentejo. Alter do Chão

Una pubblicità portoghese dei vini dell'Alentejo (*Além Tejo*, alla lettera "oltre il Tago") dove un giovanotto regge scherzosamente al guinzaglio due pecorelle, dice: «L'autenticità dell'Alentejo è contagiosa». Pura verità. In quest'epoca di varie epidemie, c'è un luogo che ci "contagia" per una virtù così rara come l'autenticità.

Grande regione che si estende dal centro del Portogallo fino all'Algarve e che segna un lungo confine con la Spagna, l'Alentejo, pur nella sua inconfondibile fisionomia (le querce da sughero, gli oliveti, le pianure per i pascoli, le case bianche orlate d'azzurro, la foggia dei vestiti femminili, i cappelli degli uomini, la bonomia delle persone), presenta fortissime diversità. Le zone del litorale, dove l'attività economica più importante è la pesca, hanno il clima e il paesaggio che assomiglia al Mediterraneo. L'interno, segnato da inverni rigidi e estati ardenti, è più aspro e segreto. E dalle vaste piane, come fate morgane nel deserto, sorgono antiche e bellissime città. Per esempio Évora, la *Liberalitas Julia* dei romani (notevole il Tempio di Diana proprio di fronte al Convento dos Lóios, in stile manuelino), poi *Yebora* per gli arabi; Beja, la *Pax Julia* dei romani e la *Baju* degli arabi, con il suo superbo castello; o Elvas, rinchiusa nei suoi bastioni. Oggi molti di questi antichi castelli e fortificazioni, grazie all'idea di un turismo intelligente di cui si è fatto carico lo Stato, sono stati trasformati in *pousadas*, alberghi di alta qualità gestiti in maniera perfetta a prezzi più che accettabili.

Ma oltre alle superbe città dell'interno, l'Alentejo è regione di paesi e villaggi straordinari nei quali regna un'atmosfera davvero "diversa". Fra i tanti che potremmo scegliere, il viaggiatore casuale oggi si è fermato a Alter do Chão. Per gli stessi alentejani Alter è quasi l'emblema della loro regione, ma i portoghesi in genere riconoscono che Alter do Chão ha un "qualcosa" in più. Perché Alter, per giocare col nome, ha qualcosa di "altero", una caratteristica datale dal tempo, dalla civiltà, dalla Storia. Fondata dai romani, intorno al 200 d.C. (*Abelterium* o *Eleteri*, mentre Chão significa "in terra piana"), la sua importanza fu legata soprattutto alla posizione geografica, trovandosi sulla strada che univa *Olissipo* (Lisbona) a *Emerita Augusta* (Mérida), dunque luogo di transito delle mercanzie fra il litorale atlantico e l'Iberia interiore. Tradizionali festività popolari ancor oggi vivacissime (il cosiddetto Festival Romano), si dice celebrino il passaggio dell'imperatore Adriano che qui venne a soffocare contese locali e dotò la cittadina di privilegi imperiali. Fu poi conquistata dai Vandali che ne distrussero le fortificazioni, ricostruite nel 900 d.C. dagli arabi. Ridivenne cristiana (e pare nuovamente distrutta) grazie alla spada riconquistatrice di Nuno Álvares Pereira. Nel 1359 il re Don Pedro I fece di nuovo edificare il castello pentagonale che domina il centro della città, dove c'è un bellissimo portale gotico. Nel 1748 Don João V, consigliato dalla consorte Marianna d'Austria, fece importare giumente andaluse con l'intento di creare una razza equina portoghese. Ne nacque l'Alter Reale, comunemente chiamato cavallo lusitano, tutt'oggi adoperato nella Scuola portoghese di Arte Equestre (a volte anche nelle corride). Nel settecentesco monumento equestre di praça do Comércio a Lisbona, il re Don José cavalca un Alter.

Recentemente gli archeologi hanno ritrovato un pavimento di una casa aristocratica dell'epoca romana con uno straordinario mosaico che raffigura scene dell'*Eneide*. Il caso ha voluto che lo potessi vedere mentre gli archeologi lo riportavano alla luce, spazzando via i detriti del tempo. Un'apparizione simile l'avevo vista solo al cinema in *Roma* di Fellini. Camminando fra la polvere degli scavi a un certo punto mi sono trovato sulle spalle di Enea. E mi sono sentito Anchise.

Il sito archeologico è ormai aperto al pubblico. Il mosaico, per fortuna, non è svanito come accade agli affreschi del film di Fellini.

Lungo il molo di Horta. Faial, Azzorre

Se approdate qui, vuol dire che avete una bella barca che vi permette di fare la traversata atlantica; oppure che siete dei navigatori solitari, non necessariamente dotati di barca di lusso, ma comunque privilegiati, dato il vento di libertà che soffia nelle vele della vostra vita. Se invece non ci approdate, ci dovete venire apposta (da Lisbona ci sono due voli quotidiani). Il che è comunque un privilegio.

Il luogo di cui parlo è il porticciolo di Horta, Faial, Isole Azzorre. L'arcipelago delle Azzorre, in pieno Oceano Atlantico, praticamente a metà strada fra l'Europa e l'America, si estende per circa 600 chilometri in direzione NW/SE fra i 36/39 gradi di latitudine e i 25/31 di longitudine. È territorio portoghese, ora con amministrazione autonoma ma di ardente spirito lusitano. Nel Quattrocento, quando i portoghesi le scoprirono, le Azzorre (dal portoghese *açores*, cioè sparvieri, perché i primi navigatori scambiarono per sparvieri i numerosi nibbi che popolano le scogliere) erano disabitate, e il sacerdote Gaspar Frutuoso, il cronista dell'epoca che per primo ce ne dà notizie, in una sua suggestiva descrizione le definì «Terre di fuoco, vento e solitudine». Sono isole vulcaniche, però verdissime per le abbondanti piogge del clima subtropicale, dalle coste aspre e con una rigogliosa vegetazione di grande varietà che va dai banani e ananassi del livello del mare fino alle abetaie di tipo alpino delle impervie montagne, caratterizzate da sorgenti calde e fumaioli profondi, le *caldeiras*, dentro le quali la domenica, per il picnic, gli abitanti usano calare pentoloni con carne e verdure per ottenere il *cozido*, un bollito al vapore. E poi fiori. Fiori dappertutto, soprattutto ortensie. Con siepi di ortensie gli azzorriani separano le proprietà delle terre, non usano muri né reti di recinzione.

Molti anni fa capitai da queste parti, e su questi luoghi, soprattutto l'isola di Faial, ebbi a scrivere un piccolo libro, *Donna di Porto Pim*. Faial era allora un'isola di balenieri, e sul porto trovai un caffè, il Peter's Bar, dove un vecchio arpioniere in pensione, che cantava malamente antiche canzoni isolane per i "signori di passaggio", mi raccontò una storia, non so quanto vera, che ho poi raccontato a mio piacimento. Era un caffè molto speciale, con una clientela davvero variata e a suo modo interclassista, come si desumeva dai piedi degli avventori: scalzi quelli dei pescatori locali, con eleganti mocassini da barca quelli dei "signori di passaggio".

Ci sono tornato di recente. Immaginavo chissà quali cambiamenti, anche perché la vecchia fabbrica dove un tempo si lavoravano le balene è diventata un centro culturale con biblioteca e videoteca. Ma il Peter's Bar ha mantenuto più o meno la stessa atmosfera. I balenieri sono tutti ex, ora cacciano tonni e calzano scarpe da tennis. Ma i volti e i modi sono gli stessi. Anche quelli dei "signori di passaggio" sono gli stessi. Il mondo, che cambia tanto in fretta, a volte possiede una sua curiosa monotonia. Anche il gin fizz, specialità del luogo, è buono come un tempo (il gin è di produzione locale, con un sapore particolarmente aspro) e il prezzo in euro corrisponde a quello dei vecchi escudos. Sulla bacheca accanto al bancone seguitano i misteriosi annunci (o appelli) dei navigatori solitari, che si scambiano informazioni decifrabili solo da loro, come i marconisti.

Il gin del Peter's può costituire un buon carburante per affrontare una camminata fino al molo. È un molo lungo lungo, che si infila nell'Oceano. Sulla calce, per alcune centinaia di metri, ci sono i murales dipinti dai navigatori solitari con le vernici delle barche. Ciascuno è un quadro che ha per cornice l'azzurro dell'Atlantico: emblemi, paesaggi, volti, barche, nomi. Forse è il caso di sedersi su una panchina e guardare quelle pitture. Anche se non vi dicono niente, anche se non le capite, quelle immagini meritano di essere guardate: sono come dei messaggi che invece di vagare in una bottiglia sono stati affidati a un muro delimitato dall'Atlantico. E il loro significato profondo, al di là dell'immagine dipinta, consiste nel fatto che voi le raccogliete con i vostri occhi. Chi le dipinse "voleva" che qualcuno le guardasse. Passando di qui, lui volle far sapere che esisteva, e lasciò una testimonianza del suo passaggio. Voi raccogliete la sua testimonianza: diventate voi stessi testimoni del suo passaggio. Che poi non sappiate chi fosse, e che lui non sappia chi siete voi, è del tutto secondario.

Le mie Azzorre

Un luogo non è mai solo "quel" luogo: quel luogo siamo un po' anche noi. In qualche modo, senza saperlo, ce lo portavamo dentro e un giorno, per caso, ci siamo arrivati. Ci siamo arrivati il giorno giusto o il giorno sbagliato, a seconda, ma questo non è responsabilità del luogo, dipende da noi. Dipende da come leggiamo quel luogo, dalla nostra disponibilità ad accoglierlo dentro gli occhi e dentro l'animo, se siamo allegri o malinconici, euforici o disforici, giovani o vecchi, se ci sentiamo bene o se abbiamo il mal di pancia. Dipende da chi siamo nel momento in cui arriviamo in quel luogo. Queste cose si imparano con il tempo, e soprattutto viaggiando. Ma molti anni fa, quando feci il mio primo viaggio alle Azzorre, non lo sapevo ancora.

«Mi riconosci tu, aria, tu che conosci i luoghi che una volta erano miei?». È un verso di Rainer Maria Rilke e in questo libro ricorre. Qualcuno sta tornando in un luogo che conobbe in altri tempi e chiede all'aria (lo spirito del luogo?) di essere riconosciuto, perché lui stesso non riconosce più quel luogo. Non riconosce ciò che guardò un tempo o ciò che a quel tempo provava guardando: le sue emozioni, il se stesso di allora. Ogni luogo nel quale arriviamo in un viaggio è una sorta di radiografia di noi stessi. Spesso, ingenuamente, scattiamo le fotografie nell'illusione di portare via qualcosa. Ma le immagini sono solo la pelle, pura apparenza: ciò che quel luogo provoca in noi nel guardarlo e viverlo non è fotografabile. Succede la stessa cosa con i sogni. Spinti dal desiderio di comunicare l'emozione provata nel sogno, lo raccontiamo a qualcuno, e quasi con meraviglia ci accorgiamo che la storia di quel sogno era banale, era un sogno come un altro: così, a raccontarlo, non comunica nessuna emozione, né in chi vi ascolta né a voi stessi che lo raccontate. Che cosa aveva dunque di così speciale per averci provocato tanta emozione? Niente. L'importante di quel sogno non è che cosa succedeva, ma il modo in cui stavamo vivendo quel qualcosa: il sogno era la nostra stessa emozione. Per un luogo è lo stesso. Raccontarlo non significa descriverlo, ma riuscire a dire, anche in minima parte, le emozioni che vi ha suscitato.

Donna di Porto Pim è a suo modo una cartografia personale, il tracciato della geografia intima di ciò che ero allora. Che non fosse un vero e proprio libro di viaggio ma anche una metaforica circumnavigazione attorno a me stesso, il viaggio attorno alla propria camera di chi paradossalmente aveva fatto davvero quel viaggio alle Azzorre, cercai di dirlo nelle tre paginette di prologo, e lo ribadisce, con parole sobrie, il risvolto di copertina che fu scritto da Leonardo Sciascia ma che non è firmato. Alludendo a Leopardi, il testo di Sciascia parla di ciò che dentro di noi trova risonanze, perché "antico" e "lontano", evocando queste due dimensioni quasi fossero due punti cardinali del racconto.

Rileggendo il libro ora, se dovessi completare gli ipotetici punti cardinali della rosa dei venti che allora guidarono la scrittura, forse ne aggiungerei un terzo intriso di sconsideratezza e di innocenza, e un quarto che mi pare suggerito dal timore, dall'apprensione, dall'inquietudine: quasi un allarme. Sconsideratezza perché è poco ponderato chi scrive un libro fatto di parole rubate, di frammenti, di schegge, di briciole. Innocenza perché mi pare che negli occhi di quel narratore ci fosse della meraviglia, che è forse la dote migliore del viaggiatore, e che è difficile mantenere nel tempo. Allarme perché si parla spesso del naufragio, come se ad ogni pagina lo si temesse.

Forse quel viaggiatore temeva quel canto di sirene che mena la barca sugli scogli. Scrivere quel libro forse fu per lui un modo di legarsi all'albero maestro senza mettere la cera nelle orecchie, perché il canto delle sirene può essere fatale ma non ascoltarlo è da pavidi, quando si è davvero in viaggio.

Le montagne ideali di Eça de Queiroz

Nella letteratura portoghese, marittima come poche altre, popolata di viaggi e avventure oceaniche, i testi di ambientazione montana, o comunque terragna, non sono frequenti. La situazione geografica del Portogallo, e soprattutto le vicende della sua storia, spiegano del resto la prevalenza dell'elemento marittimo.

L'avventura oceanica, iniziata nel Quattrocento, che condusse il Portogallo nei luoghi più remoti del globo, ha lasciato un'impronta indelebile (e una costante) nella sua letteratura, che da quel momento in poi registra un pullulare di cronache di viaggio, di portolani, di *roteiros*, di diari di bordo, di descrizioni di scoperte geografiche, di peripezie e di naufragi. Tale costante, una sorta di "basso continuo" che arriva fino ai giorni nostri, trova peraltro punte altissime in capolavori dal genere più diverso: il semplice libro di bordo diviene descrizione edenica che rasenta il fantastico nella *Carta do achamento do Brasil* (Lettera della scoperta del Brasile) di Pero Vaz Caminha; il viaggio di Vasco da Gama da Lisbona all'India costituisce la struttura del poema epico di Camões; le disavventure di un "viaggiatore per caso", metà corsaro e metà poveraccio, si trasformano nella straordinaria picaresca della cinquecentesca *Peregrinação* di Fernão Mendes Pinto, portoghese spiantato e furbastro, trascinato dalla vita nelle avventure più strabilianti dall'Abissinia al Malabar, dalla Malacca alla Cambogia, dalla Cina al Giappone; le disgrazie dell'avventura marittima (l'altra faccia della medaglia, o la «sciagura con cui si compra la gloria», per parafrasare Pessoa) costituiscono il tema della raccolta del frate settecentesco Bernardo Gomes de Brito, che raccoglie in una vasta antologia le descrizioni dei naufragi più spaventosi di oltre due secoli (*História trágico-marítima*). E, infine, si fa esaltante e insieme metafisica avventura nella furibonda *Ode Marítima* di Pessoa ed esoterica interpretazione della Storia nel poemetto *Mensagem* (Messaggio) del 1934.

A sua volta, la dicotomia Mare/Terra ne determina una seconda dal connotato che supera la dimensione geografica per toccare quella filosofica e che significa sostanzialmente un'opposizione fra Permanenza e Lontananza. Opposizione che ovviamente riguarda un'altra dimensione ancora, perché se il mare, il viaggio e la lontananza rappresentano simbolicamente il senso della sete di conoscenza, della scoperta, dell'ignoto e dell'abbandonarsi all'avventura, per contro la Terra (la Permanenza) costituisce il senso della riflessione sul già noto, sulle proprie origini e radici, sulla propria identità. Concetti che recano con sé, più o meno palesi, l'idea del Mare (e cioè Lontananza) come "sconsideratezza" e di Terra (Permanenza) come "saggezza".

Nella letteratura portoghese dell'Ottocento, i due romanzi più rappresentativi (e celebrati) del versante terragno sono *Viagens na minha terra* (pubblicato nel 1846) di Almeida Garrett, e *A cidade e as serras* (pubblicato postumo nel 1901) di Eça de Queiroz. Scrittori cui toccò il compito, come si legge nei libri scolastici, di introdurre in Portogallo i due grandi movimenti del loro secolo: il Romanticismo e il Realismo. E scrittori, si noti, entrambi "fuoriusciti": per ragioni ideologico-politiche l'antiassolutista Garrett (poi divenuto Pari del Regno e ministro con l'avvento dei liberali); per ragioni professionali Eça, diplomatico del Portogallo prima a Cuba poi in Inghilterra e infine a Parigi dove finì la sua vita. Ed entrambi con una buona formazione culturale straniera, anglo-tedesca il primo, sostanzialmente francese il secondo: colti, cosmopoliti ed elaboratori, oltre che importatori, di idee nuove.

Ma se l'affinità dell'ambientazione rurale accompagna questi due romanzi, e se il ruolo di innovatori accomuna i due scrittori, è opportuno stabilire una gerarchia di giudizio sulla qualità della loro opera. Pur non negando a Garrett il ruolo di importatore delle poetiche romantiche, la sua figura appare (per chi la legga dal di fuori, spogliata dalle attribuzioni che inevitabilmente le letture scolastiche patrie sovrappongono talvolta alla qualità estetica) piuttosto quella di un imitatore animato da buone intenzioni ma caratterizzato da un verso piuttosto inerte, da una prosa convenzionale e da una tematica che resta affidata alla fruibilità di un lettore portoghese. Insomma, un romantico minore, certo importante per il Portogallo, ma che non regge il confronto con i grandi romantici europei.

Di ben altro spessore è l'arte di Eça de Queiroz: non

solo per la qualità della scrittura ma anche per la sua capacità di rendere esemplari vicende che, pur portoghesissime per l'ambientazione e i meccanismi sociali, risultano universali. E ne è la conferma la rispettiva fortuna e di critica e di pubblico fuori dai confini patrii: vastissima quella di Eça, praticamente nulla quella di Garrett.

Ma oltre al comune tema tellurico, ciò che unisce idealmente i *Viaggi nella mia terra* di Garrett e *La città e le montagne* di Eça è certamente il tema del *nostos*: il ritorno a casa dei due illustri scrittori "esiliati" nelle grandi capitali europee. Se tuttavia il "ritorno" di Garrett è una sorta di celebrativo reportage suscitato da un reale viaggio dell'autore nella magnifica proprietà terriera di un suo influente amico, la "Quinta" di Santarém di un importante uomo politico di allora (un luogo raffinatissimo dal quale non stupisce che Garrett canti con entusiasmo le virtù della frugale e arcaica campagna portoghese), il "ritorno" di Eça, del tutto romanzesco, presenta aspetti assai più complessi. Jacinto, il protagonista de *La città e le montagne*, discendente di una ricca famiglia portoghese e minato da una crisi esistenziale causatagli, se così si può dire, dall'eccessivo comfort di un'elegante vita parigina (al giovane «puzzava il benestare», direbbe Gadda), decide di andare a ritemprare il corpo e lo spirito infiacchiti dai lussi della metropoli con i frugali costumi delle arcaiche montagne del suo Minho.

Questa, a un primo livello, la lettura del romanzo. Ma tale lettura è evidentemente insufficiente, per non dire elementare. La scrittura di Eça (e con essa tutto il cosiddetto "realismo" al quale per convenzione appartiene) non è mai "al primo livello", e in lui il «manto diafano della Fantasia, sopra le forti nudità del Vero» (così recita un suo celebre motto interpretato poi come un manifesto di poetica), spesso cela una fantasia ancora più sottile. Mi parrebbe perciò poco utile rileggere questo romanzo con le categorie con cui è sempre stato letto (fosse per criticarlo o per difenderlo) che prevedono l'idea di "modernità corruttrice" che si oppone a quella di "tradizione salvatrice", individuate rispettivamente nell'*urbs* (in questo caso la metropoli) e nella *rus* (in questo caso il montagnoso Douro). Credo sia più ragionevole osservare come *La città e le montagne* non appartenga al genuino elogio della ruralità con la stessa semplice convinzione alla quale appartiene il *De agricultura* di Catone il Censore, ma piuttosto a quel desiderio di essa che si traduce in letteratura, e pertanto al mito letterario del tellurico (campagna o montagna fa lo stesso) che è semmai del Virgilio delle *Georgiche* o, ancor meglio, di un Orazio che con impareggiabile snobismo afferma di detestare l'insopportabile città di Roma, magnifica le virtù della sana campagna e della sua villa a Sabina. Ma da Roma si muove il meno possibile, anzi, quasi mai.

Insomma, le montagne di Eça appartengono alla dimensione del vagheggiamento, del desiderio e dell'insoddisfazione. Dimensione che poi percorre in varie forme la letteratura occidentale come una corrente alternata, dalle pastorelle dei trovatori provenzali o della corte di Don Diniz all'*Aminta* del Tasso, all'Arcadia, ai testi che si riferiscono al mito del buon selvaggio rousseauiano, alla capanna di Paul e Virginie, e via elencando. Fino al furfantesco verso del D'Annunzio «perché non son io co' miei pastori?», al quale rispose impareggiabilmente Leo Longanesi: «Perché alloggi al Grand Hôtel di Montecarlo».

Forse, in quest'ottica, il *nostos* di Eça (e con Eça in qualche modo il suo personaggio Jacinto, così tormentato e profondamente contraddittorio) più che un vero ritorno alle proprie radici ci sembrerà una forma di sublimata nostalgia per una "salute" irrimediabilmente perduta.

VI.
Per interposta persona

Dalle parti della Mongolia

Vai nell'orto a prendere un cavolo, disse la madre alla ragazza, ci vuole per la zuppa.
La ragazza uscì dal casolare guardandosi intorno con circospezione. Non le piaceva uscire di casa al tramonto. I tedeschi avevano occupato le stalle e i fienili del convento e a quell'ora c'era il pericolo di trovare qualche soldato che la infastidisse. Ritirandosi, i nazisti avevano fatto alcuni prigionieri, soldati russi e anglo-indiani che avevano rinchiuso nel magazzino delle granaglie. Davanti al magazzino c'era sempre una sentinella armata di mitra e lei non aveva mai visto i prigionieri. Per andare nell'orto doveva passare davanti al magazzino.
La ragazza si avviò a malincuore cercando di farsi coraggio. Quando passò davanti alla sentinella gli augurò la buonasera. Il tedesco borbottò qualcosa nella sua lingua senza muoversi.
Era un piccolo orto che suo padre, l'ortolano del convento, curava con amore. C'erano cavoli, spinaci, insalate e patate. La ragazza si diresse verso le file dei cavoli. Erano piante grosse e scure, di quella specie che si chiama cavolo verza. Si aggirò per le file dei cavoli indecisa sulla scelta. Poi ne vide uno robusto che curiosamente le parve più

alto degli altri. Andava proprio bene. Si era portata dietro un coltello per reciderlo, ma aveva il gambo troppo grosso, forse era più facile svellerlo con le radici.

Lo afferrò per le foglie e tirò, e con suo grande stupore il cavolo le restò tra le mani senza offrire resistenza. La ragazza guardò per terra e vide una buca larga circa un metro, coperta con uno strato di canne e di foglie. Con il piede scostò le canne e vide un uomo. Era un piccolo uomo grasso con tratti mongoli che la guardava con gli occhi spalancati. Vestiva una divisa militare sconosciuta e aveva la faccia sporca di terra.

«Cosa ci fai qui?», chiese la ragazza. Il mongolo alzò le braccia come se fosse davanti a un nemico, e disse: «Italia bella». Poi estrasse dalla tasca della giubba un portafoglio e le tese una fotografia. La ragazza la guardò rapidamente nella luce incerta della sera. Riuscì a vedere una grossa tenda ovoidale in mezzo a una pianura. Fuori dalla tenda c'era un uomo, lo stesso uomo che le stava davanti. Accanto a lui una donna con uno strano cappello sulla testa che le tappava le orecchie, e poi, in fila decrescente, quattro bambini. Era una foto di famiglia.

Il soldato si portò una mano sulla gola come se volesse strozzarsi e cominciò a piangere. Piangeva in silenzio e le lacrime gli aprivano dei solchi chiari sul viso pieno di terra. «Che fai, piangi?», disse la ragazza, «Non piangere, per piacere non piangere, sennò fai piangere anche me».

Il soldato si mise le mani sulla pancia, strusciandosela. Poi aprì la bocca e vi introdusse una mano. «Italia bella», disse con aria di sofferenza. «Oddio», disse la ragazza, «ma non sai dire altro?». Il soldato si batté di nuovo sulla pancia come se battesse su un tamburo.

«Ho capito, ho capito», disse la ragazza, «hai fame, ma stasera non c'è niente da fare, reggiti la pancia fino a domani, domani sera ti porto da mangiare, e devi sapere una cosa, se i tedeschi ti trovano qui ti fucilano, e fucilano anche me, e ora ti saluto, ciao».

«Italia bella», disse il soldato. «Vai a farti friggere», disse la ragazza.

Per oltre un mese, tutte le sere, la ragazza portò al soldato pane e minestra di cavolo. Finché i tedeschi, ritirandosi verso nord, abbandonarono il convento. Allora il soldato venne accolto in casa e vi restò fino a quando arrivarono le truppe alleate.

Questa è una storia autentica. Mi è stata raccontata dalla signora Rita, che abita vicino a casa mia. L'episodio avvenne in un piccolo paese della Toscana, presso Pisa, nell'inverno fra il '44 e il '45.

Per molto tempo la signora Rita non ebbe più notizie di quel soldato mongolo. Negli anni Settanta, arrivò al convento, nonostante l'indirizzo approssimativo, una lettera per Rita. Dentro c'era solo una fotografia. Davanti a una tenda, un uomo e una donna anziani, e intorno a loro figli e nipoti. Nell'uomo la signora Rita riconobbe con una certa difficoltà il soldato mongolo. Dietro la fotografia c'era scritto: «Italia bella».

Nostalgia di Drummond

È una domenica di Lisbona, e io ho nostalgia di Drummond. È una di quelle domeniche che il mio amico Alexandre O'Neill immortalò in una poesia, quando la dolce *saudade* che i portoghesi si portano dentro, sul volto degli abitanti di Lisbona (e anche sul mio) si trasforma in tedio, mutria. Io ho nostalgia di Drummond.

Fa un caldo torrido, la città è quasi deserta, passa una turista in pantaloncini dalle lunghe e nivee gambe; stasera gli amici mi hanno invitato sul Tago a mangiare un parago «che così non l'hai mai assaggiato in vita tua». Io ho nostalgia di Drummond.

Anche senza il sonoro, le immagini del televisore sono comprensibili. È una vecchia storia: chi assassinava ieri è assassinato oggi in attesa che i suoi figli abbiano buoni motivi per assassinare domani. Speriamo che più tardi si alzi la brezza promessa dal bollettino meteorologico. Io ho nostalgia di Drummond.

Il campionato di calcio è terminato. C'è chi ha vinto e c'è chi ha perso: il club Tal dei Tali festeggia la vittoria con mortaretti e promette trionfi futuri. Una stimata cattedratica francese nelle sue passeggiate nel bosco narrativo rivela a noi comuni mortali che la scrittura si misura solo con se stessa. Io ho nostalgia di Drummond.

In una situazione come questa, la pulizia etnica è una questione secondaria, afferma sul "Corriere della Sera" un commentatore politico, e la tortura è una pratica necessaria «in caso di necessità» [*sic*]. Il missile che ha raggiunto l'ospedale si è deviato da solo, dichiara uno stratega americano con il rispetto che merita l'autodeterminazione dei missili. Ho comprato troppi giornali e ho nostalgia di Drummond.

I critici letterari non hanno dubbi: se al lipogramma corrisponde il liposema, ne deriva di conseguenza che quel certo testo è contemporaneamente lipogrammatico e liposemico. Forse sarebbe opportuno studiare la teoria degli equivoci, ma pare che il tempo stringa. Io ho nostalgia di Drummond.

Di Drummond che ha scritto: «Amore, / poiché è parola essenziale, / cominci questa poesia e tutta l'avvolga. / Amore guidi il mio verso e, nel guidarlo, / unisca anima e sensi, / membro e vulva. / Chi oserà dire che esso è solo anima? / Chi non sente l'anima spandersi nel corpo / fino a sboccare in un puro grido d'orgasmo, / in un istante d'infinito?».

Di Drummond che ha scritto: «La Bomba / è un fiore di panico che terrorizza i floricultori / (...) / La Bomba / rutta impostura e prosopopea politica / La Bomba avvelena i bambini ancora prima che nascano / (...) / La Bomba / ha chiesto al Diavolo che la battezzasse e a Dio che convalidasse il battesimo».

Di Drummond che ha scritto: «Non sarò il poeta di un mondo caduco. / E non canterò neppure un mondo futuro. / Sto attaccato alla vita / e guardo i miei compagni».

Di Drummond che ha scritto: «Dalle correlazioni fra topos e macrotopos / dagli elementi soprasegmentali / libera nos, Domine. / Dal vocoide, / dal vocoide nasale puro o senza occlusione consonantica / dal vocoide basso e dal semivocoide omorganico / libera nos, Domine. / Dal programma epistemologico nell'opera / dal taglio epistemologico e dal taglio dialogico / dal sostrato acustico del culminatore / dai sistemi genitivamente affini / libera nos, Domine».

Di Drummond che ha scritto: «Stéphane Mallarmé ha esaurito il calice dell'Inconoscibile. / A noialtri resta solo il quotidiano».

Di Drummond che ha scritto: «Quando nacqui / un angelo storto / di quelli che vivono nell'ombra / mi disse: vai, Carlos, a essere *gauche* nella vita!».

Anni fa, quando ti conobbi, caro Carlos Drummond de Andrade, era una limpida sera di Copacabana. E tu eri un vecchio poeta che mi parlava della cometa di Halley ammirata da bambino nel remoto altopiano di Minas Gerais. Ed eri così esile che temetti che il vento dell'Atlantico ti portasse via. Ora che sono passati degli anni dalla tua morte, devi essere più leggero di una foglia. Perché non approfitti della brezza che la televisione ha promesso per stasera e non vieni a fare due chiacchiere con me in questa domenica di Lisbona?

Le città del desiderio

Letteratura e filosofia sono prodighe di città fantastiche. La faccenda comincia con Platone, che derivò da Parmenide l'opposizione Apparenza/Verità. Il *Sofista* è costruito sull'impossibilità di distinguere il vero dal falso, e colui che possiede la verità, afferma quella volpe di Platone, ha anche il diritto di mentire. Con questo sofisma si inventò di sana pianta un continente e una civilissima città, avversaria di Atene, che però, dice lui, fu inghiottita dal mare: l'Atlantide.

L'Atlantide è il primo luogo fantastico della letteratura, e il suo mito ha attraversato i secoli con una "verità" tale che ancora oggi qualcuno cerca le sue tracce. La Città del Sole comunista e teocratica di Tommaso Campanella è un'altra città fantastica. Così come l'Utopia di Thomas More è un'isola del tutto fantastica, a tal punto che quello stato ideale fondato sulla tolleranza, dove sono banditi la tirannide, la pena di morte, le guerre e la proprietà privata, è diventato la metafora di una condizione politica cui si può solo aspirare.

La città di Helsingør, con il suo castello, che in realtà esiste, diventa un luogo fantastico grazie alla sovrapposizione del castello di Elsinore dell'*Amleto* di Shakespeare.

Così come sono meravigliosamente fantastici l'intero Paese di Alice, la Babele con biblioteca e la Babilonia con lotteria di Borges, Macondo di García Márquez, le geometriche *Città invisibili* di Calvino.

Ma ci sono anche le città del desiderio. Reali ma remote, spesso irraggiungibili oppure segnate dalla nostalgia di un impossibile ritorno, sono chiuse in una sorta di incantesimo che le trasfigura fino a renderle fantastiche. La piccola città di Combray di Proust, non poi così lontana da Parigi, vive sospesa in un tempo perduto. Il Maradagal della *Cognizione del dolore* di Gadda è incontestabilmente una zona della sua Lombardia natale, intessuta di rimorsi, rancori, amore e nostalgia. La Dublino di Joyce, amata e odiata, rivissuta da Zurigo, è in qualche modo "fantastica". Così come lo sono la Lisbona di Pessoa, metafora di un Molo Assoluto a cui l'uomo approda per poi partire verso l'ignoto, e ancora di più l'irraggiungibile Samarcanda sognata dal suo semieteronimo Bernardo Soares nel *Libro dell'inquietudine*.

Forse le città più desiderate vivono in questa dimensione: da vere città sono diventate "l'idea" di città.

In Grecia con Sophia

La prima volta che andai a Delfi non pensavo a Sophia. Vi arrivai in una gelida sera di gennaio, era già calato il buio, avevo attraversato un Parnaso innevato rischiando alle curve perché non avevo le catene alle ruote. Nei pressi c'era un albergo moderno, stranamente semi-sotterraneo. Vi lasciai la valigia e poi mi introdussi fra le rovine dei templi attraverso una breccia nella rete metallica. La Sibilla alla quale pensavo non prevedeva i versi di Sophia. Solo più tardi, ripensando a Delfi, mi sarebbero venuti in mente.

Anche la prima volta in cui visitai Cnosso non pensavo a Sophia. Pensavo al labirinto, al suo simbolo misterioso, quasi ne cercassi una soluzione. Mi parve di trovarla il giorno dopo nel museo di Heraklion guardandone la raffigurazione su una delle più antiche tavolette d'argilla. Mi convinsi che si trattava di un cervello umano. La forma leggermente ovoidale, i circuiti che si perdevano in se stessi facendo perdere il filo della geometria a chi li guardava mi parvero la perfetta raffigurazione di un cervello estratto dalla scatola cranica, come una TAC arcaica: questo labirinto sei tu stesso che mi stai guardando, è il tuo pensiero, mi diceva quella tavoletta. Ma non mi venne in mente Sophia. Forse ero troppo occupato a pensare a Borges; a Dürrenmatt, perché immediatamente vidi il suo povero Minotauro, così umano e infelice, perso in quelle spire; e a Freud, ingegnoso Dedalo che aveva pensato di poter percorrere il labirinto in senso inverso per trovare il punto di partenza. Ma dov'è il punto di partenza del labirinto? Me lo chiesi uscendo dal museo, nella luce abbagliante del cortile. Era estate, il periodo peggiore per visitare quei luoghi. Ricordo la calura, la stanchezza, il senso di stordimento. Mi sedetti su una grossa pietra rotonda, forse una colonna mozza, e il mio sguardo si posò su un albero d'arancio in fondo al cortile, su un'arancia che nessuno aveva colto. E solo allora, chissà perché, mi venne in mente un verso di Sophia, lei che aveva scritto di appartenere «alla razza di coloro che percorrono il labirinto / Senza mai perdere il filo di lino della parola».

La parola, la sua tessitura che nel telaio corre da un capo all'altro: comincia, finisce, ricomincia, finisce, ricomincia. Il filo della nostra vita che corre sul telaio della parola.

Sophia de Mello Breyner Andresen, uno dei maggiori poeti portoghesi del secondo Novecento. Nata a Oporto nel 1919, è morta a Lisbona nel 2004. Autrice di un'opera vastissima (ne esiste una traduzione molto parziale in italiano), apparteneva a un'antica famiglia aristocratica portoghese con un ramo di discendenza danese. Cattolica, paladina di un cristianesimo originario, avversaria del cardinale Manuel Gonçalves Cerejeira, vescovo di Lisbona e grande amico del dittatore, per tutta la vita condusse una ferma opposizione al fascismo portoghese, a quel Salazar meschino e bigotto che con la polizia politica era riuscito a imporre al Portogallo la sua mentalità di feroce sagrestano.

Intransigente, fiera, indifferente, impavida di fronte alle persecuzioni della dittatura, la voce di Sophia de Mello Breyner è stata il filo della parola che ha guidato il Portogallo durante il buio del labirinto salazarista. L'ho conosciuta di persona. Era amica della madre di mia moglie e più tardi lo è diventata anche di Maria José alla quale aveva regalato un manoscritto con dedica quando Maria José era una ragazza. Era una donna molto bella dallo sguardo altero. Aveva gesti eleganti come è elegante la sua poesia. Elegante nel senso in cui l'estetica si trasforma in rigore etico. Era inevitabile che il suo pensiero si incontrasse con l'antica Grecia.

«Mi ha preso una voglia enorme di viaggiare. Ma soprattutto volevo tornare in Grecia, che per me era stata l'incantamento totale e puro e dove mi ero sentita libera e con le ali. La felicità greca, felicità del mondo obbiettivo senza la più piccola macchia dell'individualismo, è un qualcosa di inimmaginabile e di cui soltanto Omero può dare l'idea (...). In un certo qual modo ho ritrovato in Grecia la mia poesia, *"Il primo giorno intero e puro – che bagna di gloria gli orizzonti"*, ho trovato un mondo in cui non osavo più credere. Ciò che sapevo della Grecia l'ho indovinato attraverso le pietre, le pigne, le resine, acqua e luce... Ho ritrovato le cose intere e presenti nella loro unità. Non ti sto parlando delle cose ma del legame dell'uomo con le cose».

È una lettera che nel 1963 Sophia scrive all'amico Jorge de Sena, poeta e romanziere che con altri intellettuali portoghesi aveva fondato con lei "O Tempo e o Modo", una delle più importanti riviste portoghesi degli anni Sessanta e Settanta, di stampo cattolico-progressista e fortemente antifascista. Questa lettera dice anche: «Dopo l'Acropoli, la basilica di San Pietro mi è parsa mondana e futile e greve. Qui c'è una religiosità così nuda, così profonda, così intensa e così solenne come non avevo mai trovato. È una maniera di stabilire un legame con la realtà che senti presente in tutte le cose. Solo in Eschilo si può trovare un riflesso di questo spirito che è presente, davvero presente, nelle pietre e nelle rovine dei templi greci».

Il Portogallo è un paese atlantico. Ma fu fondato dai Greci (l'origine è fenicia, le tracce archeologiche sono visibili a Lisbona, città nel cui etimo c'è Ulisse, "Ulissipona"), che vi portarono la prima civiltà dirozzando i pastori autoctoni, i *Lusitanos*, tanto celebrati dalla retorica salazarista. Ma della Grecia il Portogallo si era dimenticato. Troppo forte e impellente è stata la vocazione degli oceani per quel paese rinchiuso fra la possente Spagna e l'Atlantico, per ricordarsi del bacino del Mediterraneo da cui gli era giunta la civiltà. Così il Portogallo affrontò l'Oceano ostile, solcò i suoi flutti, scoprì paesi, arrivò in Brasile con Pedro Álvares Cabral, circumnavigò l'Africa, giunse fino all'India con Vasco da Gama. La sua letteratura maggiore ha toni epici e eroici: così sono i *Lusiadi*, divenuti il poema nazionale per eccellenza, sebbene Camões abbia anche una poesia lirica di toni petrarcheschi dove il senso della fugacità del tempo, dell'illusorietà dell'amore e delle miserie della carne non è meno affascinante del vigoroso verso del suo poema epico. Ma nella storia letteraria ciò che si è imposto è l'avventura. E giustamente, perché magnifiche sono le avventure cui andarono incontro quegli intrepidi nauti, magnifiche sono le descrizioni degli scrivani di bordo che raccontavano al re la scoperta di paesi vergini dove uomini e donne andavano ignudi e ornati di piume, magnifiche sono le peripezie di certi poveri picari cinquecenteschi sperduti nei paesi più esotici, la Cina, le Molucche, il Giappone. Tutto troppo vasto e troppo lontano, per il Portogallo, per ricordarsi della Grecia, luogo di esatta geometria, fatto più di idee che di conquiste, più di conclusa perfezione che di orizzonti infiniti.

Della Grecia si è ricordata Sophia de Mello Breyner. E in Grecia ha ritrovato non solo i miti fondanti della nostra cultura, ma vi ha riconosciuto il "suo" Portogallo; ha scoperto che ciò che accadeva nel suo paese era già accaduto nella storia della Grecia classica e che la tragedia e il mito lo avevano riflettuto. Non è tanto quella grazia bianca e azzurro-pastello da calendario, definita dalla vaga parola "mediterraneità" che si appiccica addosso come un cliché, che Sophia ha trovato in Grecia: Sophia ha riconosciuto nella Grecia classica il suo paese, ha guadagnato maggiore coscienza, se ce n'era bisogno, della tragedia che il suo popolo stava vivendo. La Grecia le ha "insegnato" il Portogallo. È il Portogallo di Creonte, perché Creonte era stupido, piccolo e meschino come Salazar. Creonte, come Salazar, è "la banalità del male". E Delfi è il luogo in cui il mondo va ricostruito partendo da un centro, quello è il luogo che Zeus ha scelto come ombelico del mondo, l'*omphalós* dove le due aquile che arrivano da opposte direzioni si incontrano per disegnare la geometria della terra e dell'anima.

«Sono andata a Delfi / Perché credo che il mondo sia sacro / E abbia un centro / Che due aquile definiscono nel bronzo di un volo immobile e pesante».

Quando andai a Delfi non pensavo ai versi di Sophia. Ma quella notte d'inverno, dopo essermi introdotto fra i templi attraverso la rete metallica che ne vietava l'accesso notturno, mentre le suole delle mie scarpe risuonavano sul selciato reso vitreo dal freddo, la poesia di Sophia mi tornò in mente e capii che ero andato a Delfi per il suo stesso motivo. Come se il mio pensiero seguisse una spirale, capii che Sophia aveva capito il Portogallo a Delfi, e capii che attraverso di lei capivo meglio il suo Portogallo, e me stesso, che conoscevo il Portogallo. E così capivo davvero Delfi che mi si spalancava davanti come un abisso che sembrava inghiottirmi: e l'enorme massa scura dell'oliveto della vallata sottostante sul cui fogliame brillava fugace la luna quando il vento lo agitava, mi parve il mare ignoto della vita che guardavo da uno scoglio. Così mi accadde anche nell'abbagliante luce estiva di Heraklion quando seduto su una colonna mozza del museo, pensando che l'immagine del labirinto è il disegno del cervello umano, vidi un'arancia e pensai a Sophia.

«A Creta / Dove il Minotauro regna / Mi sono bagnata nel mare // C'è una rapida danza / Che si esegue davanti a un toro / Nell'antichissima giovinezza del giorno // (...) // A Creta / Dove i muri di mattoni della città minoica / Sono fatti di fango impastato con alghe / E quando mi girai dietro alla mia ombra / Vidi che era azzurro il sole che toccava la mia spalla // A Creta dove il Minotauro regna ho attraversato l'onda / Con gli occhi aperti completamente sveglia / Senza droghe senza filtri / Solo vino bevuto davanti alla solennità delle cose / Perché appartengo alla razza di coloro che percorrono il labirinto / Senza mai perdere il filo di lino della parola».

La parola. L'unica maniera possibile per uscire dal labirinto del nostro cervello è ciò che di meglio il nostro cervello possiede: la parola. Grazie a Sophia avevo "capito" Cnosso.

Si dice che le colonne del tempio di Poseidone, di marmo mordorè, siano le più belle della Grecia. Tredici sui lati e sei sulla facciata, lo scheletro bianco dell'animale sacro si staglia in alto sullo sperone di roccia contro l'azzurro marino. Il vecchio Egeo si buttò da questa roccia, così vuole il mito, quando vide le navi del figlio che ritornavano con le vele nere: Teseo era un uomo superficiale, non avrebbe ucciso il Minotauro senza il filo che gli dette Arianna, e per ricompensa la abbandonò a Nasso; poi, sempre per leggerezza, indusse suo padre al suicidio.

Arrivai a Capo Sunio nella piena luce di un meriggio estivo e un vento forte portava il salmastro. Su una delle colonne Byron incise il suo nome; la "firma" la si può vedere solo col binocolo perché la colonna è recinta da una corda che la protegge dalle eventuali ingiurie dei visitatori. Mi sedetti all'ombra e ad alta voce contai le colonne. A mente ripensavo a una poesia di Sophia: «Nella nudità della luce (il cui interno è l'esterno) / Nella nudità del vento (che accerchia se stesso) / Nella nudità marina (raddoppiata dal sale) / Una ad una sono dette le colonne di Sunio».

Quando andai in Grecia per la prima volta, molti anni fa, capii subito che quel paese non l'avrei mai lasciato. Vi sono ritornato ogni anno. Portavo in Grecia la "mia" Grecia, quella che avevo studiato all'università, la filosofia su cui avevo modellato il mio pensiero, i miti fondanti dell'Occidente, i personaggi della Storia, l'idea della perfezione di Fidia che l'immagine del Cristo crocifisso ha irrimediabilmente rotto, l'idea del tragico rivisitata da Nietzsche, la Venere in una conchiglia del Botticelli, le "sacre sponde" del Foscolo, l'uomo dal multiforme ingegno del traduttore del traduttor d'Omero. Se Sigmund Freud ha raccolto tutto questo per farne una magnifica teoria scientifica che ancora ci nutre, io avevo bisogno di vederla "applicata" alla geografia, da platonica farla diventare aristotelica, così che appartenesse alla mia esperienza.

Poi, piano piano, la mia Grecia è diventata la Grecia di Sophia de Mello Breyner. Alla "petrosa Itaca" alla quale aveva fatto foscolianamente ritorno Ulisse si è sovrapposta non solo l'Itaca di Kavafis, ma l'Itaca di Sophia, con un Ulisse che non è più soltanto un nocchiero che solca i flutti, ma che sa solcare anche le zolle della terra, e questa è la sua vera grandezza.

«La civiltà in cui ci troviamo è così sbagliata / Che in essa il pensiero si è separato dalla mano // Ulisse re di Itaca costruì la sua nave / Ma si vantava anche di saper guidare / Con destrezza nel campo il timone dell'aratro» (*Il re di Itaca*).

Con Sophia ho anche rivisitato le figure della tragedia. In una sua poesia ho trovato un significato in più al mito di Elettra, «Perché il grido di Elettra è l'insonnia delle cose / Il lamento strappato al ventre dei sogni dei rimorsi e dei crimini / (...) / Affinché la giustizia degli dèi sia convocata» (*Electra*). Sono versi dedicati a Aspassia Papathanassiou, che non fu solo la grande interprete del teatro tragico greco, ma anche una donna che sfidò il fascismo e dai palchi di tutta la Grecia seppe trasformare le voci di Eschilo e di Euripide in un appello alla democrazia confiscata.

Sophia de Mello Breyner ritrovò dunque in Grecia il suo Portogallo; capì che ciò che le era stato dato da vivere era già stato vissuto, che ciò che sembra moderno può essere molto antico; lei, che con la sua lucidissima coscienza aveva preso coscienza non solo delle condizioni politiche del suo paese ma della nostra condizione umana, in Grecia acquisì una ipercoscienza, come se quella luce abbagliante avesse dato al suo sguardo un voltaggio superiore che le permettesse di attraversare l'opacità della materia per raggiungere l'architettura delle cose, il loro scheletro. Come in una radiografia.

Per questo oggi vado in Grecia con Sophia. La mia *Guide Bleu* che mi seguiva sempre resta sulla scrivania, preferisco consultarla al ritorno. In viaggio porto i versi di Sophia: sono leggeri, li so a memoria. Poi, quando torno a casa, li traduco nella mia lingua.

Un palco mobile in giro per il mondo

*In ricordo di Torgeir Wethal,
alla sua arte, alla sua allegria*

Siamo sul ponte di Brooklyn, è il 1984. Issata su trampoli altissimi, la Morte è arrivata davanti a New York. Le braccia alzate, una bacchetta in mano come un direttore d'orchestra, questa Morte con il frac e il cravattino a farfalla vuole dirci qualcosa. È una seduzione o una minaccia? È una partenza o un ritorno? Dietro il teschio di legno, sotto il frac gigantesco, c'è un'attrice. Si chiama Julia Varley, la "scena" che vediamo appartiene a uno spettacolo dell'Odin Teatret intitolato *Anabasis*. Ma sarà un ritorno o una partenza?

Ora siamo invece nel 1988, la Morte è uscita da uno spettacolo per entrare in un altro che si chiama *Rum i kejserens palads*, che in danese vuol dire "Stanze del palazzo dell'imperatore". Ha cambiato spettacolo e ha cambiato paese, ma lei è rimasta la stessa. Si sta esibendo a Santiago del Cile, davanti al Palazzo della Moneda, e i poliziotti con l'elmetto e la visiera di plexiglas la aggrediscono con i manganelli, perché non la vogliono davanti a quel palazzo. Strano. Pochi anni prima quegli stessi poliziotti, guidati dal generale Pinochet, hanno assaltato quello stesso palazzo e assassinato il legittimo presidente. Hanno riempito gli stadi di persone, le hanno torturate e massacrate. Hanno portato morte, ma non tollerano la sua immagine davanti al palazzo che hanno usurpato. L'immagine della Morte li disturba più della morte. Chissà se papa Wojtyła, quando andò a Santiago, salutando la città dal balcone col generale Pinochet, si accorse che questo sinistro personaggio era proprio il suo ospite.

Volta la carta e trovi... È difficile dire cosa si trova. Sembrerebbe una sfilata, ma non è una sfilata. Una processione neppure. È una specie di corteo che ricorda i commedianti de *O thiasos* di Anghelopulos, quando percorrono ballando una strada di montagna della Grecia. Chi è vestito da indio delle Ande, chi da scandinavo, e poi c'è un suonatore di tamburo, e un mascherone con le gonne e i falpalà e le calze a strisce, e la Morte è in fondo a tutti, perché vanno in fila indiana, solo che l'attrice Roberta Carreri, vestita da Ridolini, si fa beffe di lei e le tira le code del frac.

Loro sono in viaggio, e io li seguo con un libro pieno di fotografie (Toni D'Urso e Eugenio Barba, *Viaggi con/ Voyages with Odin Teatret*). In testa c'è Torgeir Wethal. Ma è un'anabasi o una catabasi? Fa lo stesso: si viaggia. In questo caso attraverso le Ande peruviane, in un villaggio che si chiama Uampani. In Perù vige la legge marziale. È proibito dare spettacoli, perché le autorità di quel paese, che sono assai autoritarie, sanno che gli spettacoli attirano la folla, e a loro non piace la folla, temono che possa causare *distúrbios*. Per questo gli attori, che non possono attirare la folla, utilizzano una strategia che hanno messo in pratica già molte volte nei loro viaggi attraverso il mondo. L'hanno utilizzata ad esempio a Carpignano Salentino, a Ollolai in Sardegna, e nei luoghi più lontani, perfino in Amazzonia, in una tribù Yanomani, un po' dappertutto. È una tecnica, ma è anche una forma di spettacolo. E infatti c'è un loro spettacolo che porta il titolo di ciò che fanno in quello stesso spettacolo. Si chiama *Baratti*. Un baratto è una cosa molto antica, si usava ai tempi dei tempi, quando gli uomini non avevano ancora inventato il denaro. Io sono un pastore, ti do questa cosa qui, si chiama formaggio. Io invece sono un pescatore, ti do questa cosa qui, si chiama pesce. Facciamo a cambio. Questo è un baratto. A quel pastore e a quel pescatore che senza parlare si scambiavano questo messaggio con il loro baratto le parole non servivano. Si intendevano perfettamente a gesti o con lo sguardo o con l'espressione del viso. Insomma, col corpo. E così fa l'Odin Teatret, nei suoi baratti.

Dicono gli attori dell'Odin: veniamo da un luogo chiamato Holstebro, si trova in un paese che si chiama Danimarca, che si trova in un continente che si chiama Europa, ora ti facciamo vedere o sentire una cosa, quello che sappiamo fare, ora mi metto questa maschera, l'ha fatta uno scultore che si chiama Klaus Tams; e intanto Roberta Carreri o Torgeir Wethal o altri recitano, oppure Iben Nagel Rasmussen o Tom Fjordefalk, o Tage Larsen o Jan Fersley o qualcun altro suonano e ballano. Questo è quello che sappiamo fare noi, ora facci vedere cosa sai fare tu, vogliamo impararlo.

Tage Larsen ha i capelli biondi e lunghi sulle spalle, smette di suonare il violino. Sulla radura della foresta amazzonica sta scendendo il crepuscolo. Gli Yanomani cominciano a ballare in cerchio, battono su dei tamburi fatti di giunchi e gusci di tartarughe, e un cacciatore Yanomani si accoccola e guardando gli alberi emette dei suoni che imitano gli uccelli della foresta, lo dice la didascalia sotto la foto. È la sua musica. L'Odin ha fatto un baratto.

Ora invece siamo a Lima, e Roberta Carreri è vestita da Ridolini col cilindro e le bretelle sulla camicia bianca. Passa una giovane creola con un cappello di paglia e una gonna dai fiori sgargianti. Roberta balla come ballano i pagliacci del circo. E la ragazza creola solleva graziosamente con la mano sinistra un lembo della gonna ed esegue una danza che i suoi nonni schiavi facevano nelle piantagioni, non troppo tempo fa. È un altro baratto.

«Si può pensare al teatro in termini di tradizioni etniche, nazionali, di gruppo o addirittura individuali», scrive Eugenio Barba, «ma se si cerca con questo di comprendere la propria identità, è essenziale anche l'atteggiamento contrario e complementare: pensare al proprio teatro in una dimensione transculturale, nel flusso di una "tradizione delle tradizioni"».

L'Odin nasce dall'idea dell'antropologia culturale, e va oltre, raddoppiandola. Ehi, selvaggio, lasciati guardare, vuoi vedere il selvaggio che sono io? «Immaginate due tribù che sono molto diverse e che si incontrano sulle rive opposte di un fiume: ogni tribù può vivere per se stessa, può parlare dell'altra tribù, forse dirne male o elogiarla. Ma ogni volta che uno rema da una riva all'altra scambia qualcosa. Uno non passa il fiume per fare ricerche etnografiche, per vedere come gli altri vivono, ma per dare qualcosa e ricevere qualcosa in cambio». È sempre Eugenio Barba che parla. *A quale tribù appartieni?*, ha scritto Moravia.

Ma l'Odin lo sa, i traghetti non sono facili. Racconta Eugenio Barba che una volta, in Barbagia, fecero un "baratto" di teatro, poi la gente li invitò nella vecchia scuola del paese e prepararono una festa, i pastori portarono formaggio, pancetta, salsiccia e pane di "carta musica". E c'era un uomo, un fisarmonicista, che aveva fatto ballare l'intero paese, e tagliava la pancetta e l'offriva a tutti, era l'immagine della generosità. «E a un certo punto entrò un cane randagio. E mentre l'uomo – il fisarmonicista – tutto sorridente affettava e offriva pancetta ai bambini, sotto il tavolo alzò il piede e con lo stivale, di colpo, con precisione, schiacciò una zampa del cane. Scoppiai a ridere: non potei farne a meno, sotto gli occhi d'odio dei miei compagni. Non so perché risi. Ripensandoci, era come un riso di felicità: vedere l'uomo nella sua totalità, il modo in cui siamo fatti, pronti a offrire tutto e nello stesso tempo questa crudeltà insensata. Ci troviamo di fronte all'ignoto».

La crudeltà dell'uomo. E del mondo. Altrimenti sarebbe troppo facile: tu dai una cosa a me, io ne do una a te, viva la festa dell'amicizia. Ma il mondo non è un girotondo. E neppure un club di "Étonnants Voyageurs". È così crudele la scena in cui Otello soffoca Desdemona, e come la recita bene quel grande attore inglese su un palco di New York!, ci informa l'entusiasta *chroniqueur* inviato di un giornale italiano. Il pubblico si sciogliava in lacrime, perché Shakespeare è insuperabile nella crudeltà. Ma anche le *favelas* di Rio in crudeltà non difettano. E anche Ayacucho, Perù, e la sua colonia penale. E la tribù dell'Amazzonia, e la crudeltà della rigogliosa natura (come si capisce in *Tristi Tropici*). Che è come dire: il vasto mondo. Sarà dunque il gran Teatro del Mondo? E cosa si svolge su questo palco? È l'idea che ebbe l'Odin al suo nascere: «Una lotta contro l'altro che è nascosto in noi».

È impossibile citare i luoghi del globo in cui l'Odin ha portato la sua lotta contro l'Altro che è nascosto in noi: dall'Europa all'Australia, dal Polo ai Tropici. Dappertutto. E il dappertutto non è un luogo. Mi ero proposto di parlare del luogo di residenza, la sede dell'Odin Teatret, cioè Holstebro, Danimarca. Ma è troppo limitativo, posso farlo in una nota finale. Quale è il vero luogo dell'Odin, quale è lo spazio di un teatro (anzi, di un attore)? Mi pare di ricordare che Heidegger dicesse che il vuoto non è una mancanza, ma quel luogo in cui si fondano i luoghi, e che creare lo spazio porta la libertà, l'apertura per uno stabilirsi e per un abitare degli uomini (lo cito in modo approssimativo, e mi pare che lo dica in un saggio che si intitola *L'arte e lo spazio*). Ma è un luogo lontano da certi luoghi pretestuosamente fantastici cari agli epigoni di Borges. E in quello spazio questi attori ricreano il mondo e lo reinventano. Come tutta l'arte. Che ci guarda e che noi guardiamo. È uno sguardo incrociato.

Parlare di questo spazio significa dunque parlare di loro, degli attori dell'Odin. Basta nominarli. Con Eugenio Barba sono Kai Bredholt, Roberta Carreri, Jan Fersley, Else Marie Laukvik, Tina Nielsen, Iben Nagel Rasmussen, Isabel Ubeda, Julia Varley, Torgeir Wethal, Frans Winther. Senza contare i collaboratori e gli attori che vi hanno lavorato prima. Il loro modo di "costruire" un luogo è simile a quello della poesia di Gianni Rodari cantata da Sergio Endrigo: «Per fare un tavolo ci vuole il legno / per fare il legno ci vuole l'albero / per fare l'albero ci vuole il seme / per fare il seme ci vuole il frutto / per fare il frutto ci vuole un fiore...».

(1997-2010)

Il Teatro di Odino, ovvero l'Odin Teatret, nasce in Danimarca nel 1964, per la volontà e la passione di Eugenio Barba, un giovane pugliese di Gallipoli profondamente contagiato dalla malattia del teatro da un altro maestro della scena alternativa, il polacco Jerzy Grotowski. Ma tra i suoi ispiratori ci sono anche Artaud e Stanislavskij, Mejerchol'd ed Ejzenstein. Inquieto e vagabondo come le sue idee, dal '66 Barba e il suo gruppo mettono radici a Holstebro. E là, tutti insieme, mettono a punto il "metodo", che è sostanzialmente quello dell'improvvisazione. Scelto un tema, gli attori cercano di viverlo improvvisando varie situazioni, minuziosamente, ossessivamente, per ore e ore. Di seguito, con una vivace discussione collettiva, si sceglie quello che pare il migliore e si costruiscono mano a mano le singole scene. Quello che conta ed è in primo piano non è la parola bensì il corpo, che attinge ad elementi fisici e religiosi del teatro orientale, della Commedia dell'arte, del circo, del teatro dei mimi.

Holstebro è una cittadina dello Jutland, nella parte settentrionale della Danimarca, dove il governo danese ospita artisti, scuole e laboratori teatrali. Lo Jutland (fra il Mare del Nord, lo Skagerrak, il Kattegat e il Piccolo Belt) ha una superficie di circa 30.000 chilometri quadrati e 2 milioni di abitanti. Århus, la seconda città della Danimarca, svolge le funzioni di capitale regionale dello Jutland. Altra città importante è Alborg, centro industriale e portuale, all'estremità settentrionale dello Jutland, mentre il principale porto di pesca del paese è Esbjerg, sul Mare del Nord. Holstebro (40.000 abitanti), è attraversata dal fiume Stora e vanta un notevole centro culturale. Da molti anni vi risiede l'Odin Teatret, e qui prepara i suoi spettacoli prima di portarli in giro per il mondo. Insieme con la cittadina danese è opportuno ricordare il teatro di Pontedera (Pisa), dove spesso l'Odin tiene i suoi laboratori e seminari.

La geografia immaginaria di Gregor von Rezzori

Ho sempre letto con ammirato stupore gli scrittori che si sono inventati un mondo parallelo, una loro contea immaginaria che coincide con quella reale e che, essendo identica a quella reale ma non essendo quella reale, è da essa altra e diversa: è quella ma non lo è. Mi riferisco soprattutto a William Faulkner e alla sua contea Yoknapatawpha, a Musil e alla sua Cacania, a García Márquez e alla sua Macondo, a Gregor von Rezzori e alla sua Maghrebinia, quello spazio geografico nel quale si muovono le sue *Storie di Maghrebinia,* il libro che nel 1953 lo rese noto.

Si accetta per convenzione che la Yoknapatawpha di Faulkner sia il Mississippi, che la Cacania di Musil sia l'Austria prenazista, la Macondo di García Márquez la Colombia caraibica e la Maghrebinia di Rezzori l'Impero austro-ungarico in dissoluzione. Ma non è così semplice. Si tratta dell'analogo problema posto dal personaggio letterario modellato sulla persona reale. E a questo proposito mi viene in mente una impareggiabile riflessione che Gadda ebbe a fare sull'argomento ben prima che le discipline narratologiche elaborassero la teoria della cosiddetta "autonomia del personaggio": «... Io vagheggio con la fantasia una certa signora X, un "mio" personaggio: la vagheggio fino a sognarmela di notte: mi sveglio di soprassalto, mi levo dal letto in istato di trance, siedo al tavolo, scrivo: dopo mesi e mesi riprendo quel foglio, riscrivo, gratto, cancello, riscrivo: ricopio quaranta volte: lo do all'editore. La signora X è venuta al mondo. Succede che a Brembate o a Garbagnate c'è davvero una signora tale e quale come la signora X. Si tratta, come ognuno capisce, di un incidente combinatorio: che cade sotto il principio di indeterminazione assoluta o principio di Heisenberg. Come quando due giocatori, giocando a dadi, gli viene cinque e tre a tutt'e due. Io, nel mio cervello, nella mia psiche ho creato: ho maturato lentamente la signora X mentre con eguale ponderatezza il Padre Eterno, a Garbagnate, ha maturato per conto suo un'altra signora, che tra tutt'e due però si somigliano come due gocce d'acqua».

Penso che l'"autonomia del luogo", anziché l'autonomia del personaggio, allorché diventa alterità in letteratura, sia una questione che riguarda più la Storia che la geografia. Nel senso che codesti scrittori hanno uno speciale rapporto con quella dimensione che siamo soliti chiamare Storia. Mi spiego. La metafora è uno stratagemma che ci consente di evadere dall'oggetto di cui stiamo parlando. La metafora, cioè, vive in un piano diverso da quello del reale. Ma se la metafora che usiamo *coincide* con il reale, essa acquista una potenza doppia. Proprio perché crea un doppio identico a se stesso. Insomma, la contea di Yoknapatawpha non è il Mississippi, ma la metafora del Mississippi. Solo che questa metafora *coincide* col Mississippi, cioè con l'oggetto metaforizzato. Nello stesso modo, la Maghrebinia di Rezzori non è la *finis Austriae*, non è l'Impero austro-ungarico in dissoluzione, ma la metafora dell'Impero austro-ungarico in dissoluzione. Solo che con esso coincide.

Gli scrittori a cui mi riferisco incidono la loro memoria letteraria in questo doppio tessuto. Nel senso che lavorano non sulla memoria storica, non affrontano semplicemente la Storia, ma alzano l'esponente: "trattano" la metafora della Storia. E in tal modo instaurano un rapporto diverso con la dimensione-Tempo. Ciò li arricchisce di una valenza che il semplice piano del reale o dell'evento storico da solo non possiede, e consente loro un'armonia più piena con la poliedricità di attributi che gli antichi attribuivano a Clio, la musa della Storia ma anche ancella della Memoria e del Tempo. Questo "costruisce" la dimensione dell'Epos. Che ovviamente non dipende dalla quantità di scrittura, ma dalla qualità degli ingredienti, perché un testo, per essere epico, non ha bisogno della lunghezza di un poema omerico: può perfettamente essere contenuto in un racconto di poche pagine.

In questa tridimensionalità, se così posso dire, la memoria perdura. Essa acquista una durata che sfida l'evento e la sua effimera contingenza: lo candisce in una temporalità che va oltre il qui e ora, il là e l'allora. Lo eternizza nell'*exemplum*. Di questa memoria esemplare sono nutriti molti altri romanzi di Rezzori, i più celebri, come *Un ermellino a Cernopol* e le *Memorie di un antisemita*, ma forse la sua intera opera. Ed è una memoria esemplare perché staccandosi dall'evento particolare si fa universale e ci parla della condizione umana, nelle sue circostanze fortunate o sciagurate.

Di altri aspetti dell'opera di Rezzori vorrei parlare, ma preferisco lasciare spazio ai suoi esegeti più autorizzati di me, essendone io un semplice lettore. Vorrei aggiungere solo che di lui prediligo la sua mediterraneità (perché mediterranei non si nasce, si diventa), che è un modo di vivere la vita e di amarla. Perché solo chi capisce la morte può amare la vita anche nella sua pienezza dei sensi e nella sua carnalità più feroce. E per finire vorrei fargli un omaggio, perché allorché si parla di uno scrittore che abbiamo accolto nel nostro bagaglio è doveroso offrire almeno uno *xenia* (una "cortesia per gli ospiti"). Gli giro alcuni versi presi in prestito da un grande poeta brasiliano della generazione di Rezzori, Murilo Mendes, che li scrisse ispirandosi all'epitaffio di Stendhal:

«Amò prima di tutto la libertà / la donna / il dialogo / la musica / le galassie / la pietra ovale / il teatro fuori dal teatro / (...) / Il suo cervello fu rivoluzionario / la sua fisiologia conservatrice. / (...) / Fece la guerriglia contro se stesso / capì l'irrealtà della realtà».

Con Borges sulle strade di Buenos Aires

«Fummo l'imagismo, il cubismo, le conventicole e le sette che le credule università venerano. Inventammo la mancanza di punteggiatura, l'omissione delle maiuscole, le strofe a forma di colomba dei bibliotecari di Alessandria. Cenere, il lavoro delle nostre mani. E un fuoco ardente la nostra fede».

Con questi versi, a molti anni di distanza da quel fuoco, Borges rievocò l'esperienza delle avanguardie primonovecentesche e in particolare dell'Ultraismo argentino che lo vide schivo e controverso partecipante di quell'avventura con le poesie di *Fervor de Buenos Aires*, del 1923.

Mi piace rievocare la maniera in cui il libro uscì. Ci viene in aiuto lo stesso Borges nel suo *Abbozzo di autobiografia*: «Il libro fu stampato in gran fretta in cinque giorni perché si rendeva necessario un nostro nuovo viaggio in Europa... fu pubblicato con grande disinvoltura. Non c'era un indice e le pagine non erano numerate. Mia sorella fece una xilografia per la copertina, e ne feci stampare trecento copie. In quei giorni pubblicare un libro era un'avventura piuttosto privata. Non mi venne neanche in mente di mandare delle copie alle librerie o ai critici. La maggior parte le regalai. Ricordo uno dei miei metodi di distribuzione.

Avendo notato che molti di quelli che andavano negli uffici di "Nosotros" (una delle più vecchie e più serie riviste letterarie dell'epoca) lasciavano i cappotti appesi agli attaccapanni dell'anticamera, portai cinquanta o cento copie ad Alfredo Bianchi, uno dei redattori. Bianchi mi guardò stupefatto e disse: Non ti aspetterai mica che venda questi libri, vero? No, risposi, non sono pazzo fino a questo punto, pensavo di chiederti il favore di infilarne qualcuno nelle tasche di quei cappotti. Lui lo fece».

Pensare che nel 1923 Borges infilava quel libro nelle tasche dei cappotti dei letterati argentini, quel *Fervor de Buenos Aires* divenuto mitico, fa quasi sorridere. Ma forse distribuire i libri nei cappotti era anch'esso un gesto "ultraista", di un avanguardista timido, introverso e contraddittorio. Era un gesto d'avanguardia alla Borges. E c'è da chiedersi infatti se *Fervor de Buenos Aires* sia davvero un libro d'avanguardia.

La metropoli delle luci e delle macchine che gli ultraisti, come i nostri futuristi, amarono, in Borges è assente o piuttosto vissuta al negativo. Borges, già ammalato di metafisica, canta le albe e le notti, la musica di Buenos Aires, piazze dechirichiane dove il tempo pare assente. Buenos Aires è già, invece, una città simbolo, una città metafora. Una di quelle città che come simbolo e metafora entreranno nella letteratura del Novecento. E del resto nel 1925, solo due anni dopo la controversa esperienza ultraista, Borges scriverà con una lucidità quasi crudele: «Ho constatato che, senza volerlo, noi eravamo caduti in un altro genere di retorica, attaccata quanto le altre retoriche al prestigio verbale. Ho capito che la nostra poesia che ci pareva in volo libero e disinvolto si è messa a tracciare una figura geometrica nell'aria del tempo. Bella e triste sorpresa sentire che il nostro gesto d'allora, così spontaneo e libero, non era altro che il debutto di una liturgia».

Un'altra personale liturgia doveva tracciare, da allora in poi, Jorge Luis Borges: la liturgia dei suoi Aleph, del "suo" Schopenhauer, del labirinto del cosmo. Ma intanto, di quel mitico libriccino che fu *Fervor de Buenos Aires*, che Borges negli anni a venire avrebbe massacrato di infinite varianti, resta la bellezza immobile e onirica di una città metafisica sorpresa nel suo mistero. E qui ricordo una delle più struggenti poesie che in quel libro Borges dedicò alla sua città, nella bella traduzione di Livio Bacchi Wilcock: *Le strade*. «Le strade di Buenos Aires / sono già le mie viscere. / Non le avide strade / scomode di folla e di trambusto, / ma le strade svogliate del quartiere, / quasi invisibili per l'abitudine, / intenerite da penombra e da tramonto...».

L'omelette e il Nulla

La mia amica Dora mi invia una cartolina da Praga. Dora è un'intraprendente giornalista free lance e le è venuta l'originale idea di scrivere una serie di reportage da proporre ad un importante quotidiano intitolati *I luoghi della letteratura*. Per questo da un po' di tempo si accoda a delegazioni di scrittori che si recano in gita nelle varie capitali europee per dibattere difficili temi, come ad esempio "Il futuro del romanzo europeo". Un caustico *croniqueur* che sulla sua rubrica fissa da anni fustiga il nostro desolante (a suo avviso) ambiente letterario, scrive che non se ne può più degli intellettuali che ogni santo giorno, perfino dopo i pasti, dibattono sul ruolo dell'intellettuale. Come non dare ragione a un intellettuale che apre un dibattito al quadrato sul ruolo dell'intellettuale e che ha posto la questione a Buenos Aires, a spese del contribuente?

Ma esistono soprattutto gli intellettuali che periodicamente partecipano a dibattiti intorno al futuro del romanzo, preoccupati che un giorno o l'altro qualcuno glielo faccia sparire di sotto al naso. Le iniziative e le delegazioni sono molteplici: che so, il Premio Conte di Montecristo organizza una tavola rotonda sul futuro del romanzo d'avventure, il Premio Barolo d'Oro una sul ruolo del vino nel romanzo all'epoca del conte Camillo Benso di Cavour (enologia e letteratura), il Club Amici del Bovino una bella discussione a Niagara Falls sul cerimoniale della morte e della *fiesta* in Hemingway. E la mia amica Dora non perde l'occasione.

Lei ci va a proprie spese, perché è una ragazza entusiasta, mentre le delegazioni viaggiano a spese dei Comuni, delle Regioni, dello Stato, o comunque di istituzioni pubbliche, e io mi chiedo quand'è che finiranno sotto inchiesta. Ma la mia amica Dora non corre questo rischio: si muove con i propri risparmi e conosce i disagi degli ostelli della gioventù, dei fast-food, dei treni regionali e dei voli charter. In compenso non è preoccupata del futuro del romanzo, e per questo può permettersi dei viaggi abbastanza "sportivi". Tempo fa è stata a Buenos Aires al seguito di una delegazione culturale che sentiva la necessità di sensibilizzare gli argentini sul futuro del romanzo che si scrive nella lingua che un tempo appartenne ai loro antenati emigranti, e mi ha inviato un pezzo entusiasta (non ancora pubblicato) sul "significato" di quella città. Perché Dora ha scoperto che Buenos Aires è una città *labirintica*. È salita su un tram, ha attraversato il quartiere di Palermo, è capitata a Belgrano, e nel riflesso di una vetrina ha scorto la sua immagine che «le rimandava il suo doppio». E si è persa. L'articolo di Dora termina con la citazione di una poesia su Buenos Aires di Borges («Te sentia en los patios / del Sur y en la cresciente / sombra que dedibuja lentamente...», Ti avvertivo nei *patios* del Sud, nel crescere dell'ombra che lentamente cancella...), che lei definisce «il grande interprete della città labirintica».

Praga, ha scoperto Dora forse dopo aver letto Angelo Maria Ripellino, è invece una città *magica*. E l'articolo che mi manda (non ancora pubblicato) parla della magia del vecchio quartiere di Mala Strana, del Cimitero Ebraico, dei ponti barocchi e di un locale "geniale" (la definizione è di Dora), a metà fra la birreria e il caffè letterario, di cui mi acclude il sottopiatto di carta dove è stampato il profilo di Kafka minacciato da una forchetta "divina".

Non parlerò per brevità del colloquio che Dora ha seguito a Parigi, dove ha scoperto un celeberrimo caffè reso tale da un celeberrimo filosofo e dove il costo di un'*omelette au jambon* si aggirerebbe oggi sui cinquanta euro. Il pezzo di Dora è intitolato *L'omelette e il Nulla*. E anche questo mi sembra "geniale".

Quali sogni evocano questi articoli per chi come me non è mai stato a Buenos Aires, ignora le omelette metafisiche e capitò a Praga in anni lontani! C'erano ancora per strada i militari russi ed entrando nella cosiddetta "Libreria Internazionale" di piazza Venceslao, priva di libri fuorché delle "opere" del compagno Brežnev, chiedendo un libro di Kafka al direttore, mi sentii rispondere in un francese dall'accento impeccabile: «Kafka? Connais pas, monsieur».

Oggi Dora mi fa sapere che in primavera una delegazione si recherà a Lisbona, città di Pessoa e della *saudade*. E sospettando che di luoghi nostalgici e pessoani mi intenda, spera ardentemente nella mia presenza. Come sfuggire all'appuntamento fatale? Forse ricorrerò biecamente a una menzogna cibernetica.

Cara Dora, le sto scrivendo, in quel periodo sarò probabilmente in Portogallo. Ma non a Lisbona, bensì in un luogo remoto della profonda provincia. Ma anche nella provincia più profonda ormai esistono gli Internet-café, e grazie ad Internet potrò "navigare" con lei e con gli altri sul sito www.luoghiletterari.chic. Navigheremo insieme sulle ali della *saudade*, d'accordo?

La sindrome di Stendhal

Pare che una nuova malattia, nobile ed elegante, si aggiri per il Belpaese mietendo vittime soprattutto durante l'estate e insidiando di preferenza i viaggiatori con deboli anticorpi cultural-emotivi che hanno fatto dell'Italia la meta delle loro vacanze. La "malattia" è stata classificata da una psichiatra fiorentina, Graziella Magherini, che ne ha registrato la sintomatologia presso l'ospedale Santa Maria Nuova di Firenze e che attingendo alle proprie esperienze terapeutiche ha pubblicato un libro, *La sindrome di Stendhal*.

Illustrare in poche parole che cosa sia tale sindrome non è facile. Per approssimazione, si tratta di un turbamento che acquista sintomatologie diverse a seconda dei pazienti e che colpisce il viaggiatore nelle città d'arte: un "conflitto" di natura estetica che può provocare strani malesseri e che spesso costringe i malcapitati al ricovero.

All'ospedale di Santa Maria Nuova di Firenze, nel reparto che dirige, di questi ricoveri la professoressa Magherini ne ha visti tanti, o almeno un numero sufficiente per catalogarli, classificarli e analizzarli in una serie di casi che costituiscono la parte centrale del libro: casi "clinici" che sono storie di viaggiatori di ogni parte del mondo che proprio a Firenze hanno "perduto la testa" finendo al reparto psichiatrico del pronto soccorso.

Ma cosa c'entra Stendhal con il malessere psichico? Pare che Stendhal sia l'esempio più illustre di un disagio analogo, perciò è stato scelto come paradigma. In effetti lo scrittore francese, nel suo diario di viaggio in Italia, annotò un malessere che lo colse proprio a Firenze, durante una visita a Santa Croce. Siamo nel 1817; Stendhal, sceso dall'Appennino venendo da Bologna, entra in Firenze dalla porta di San Gallo e si reca per prima cosa in Santa Croce. Fra i monti, nottetempo, la carrozza sulla quale viaggiava è stata assaltata da un gruppo di briganti probabilmente di non eccelso livello estetico. Davanti a Santa Croce il suo cuore batte all'impazzata. Comincia a provare una forte emozione per l'atmosfera di cupa religiosità della chiesa, per la facciata, le tombe degli uomini illustri. Infine si fa accompagnare da un frate alla cappella Niccolini e resta a contemplare le Sibille del Volterrano. Ed è a questo punto che affiora il malessere. Annota Stendhal: «Assorto nella contemplazione della sublime bellezza, la vedevo da vicino, per così dire la toccavo. Ero giunto a quel grado di emozione nel quale si incontrano le sensazioni celestiali date dall'arte e i sentimenti più violenti. Uscendo da Santa Croce sentivo forti pulsazioni di cuore, quelle che a Berlino definiscono "nervi": sentivo la vita venir meno, camminavo col timore di cadere».

Ma il "turista" Stendhal sa intervenire sul malessere che lo ha assalito, la sua cultura gli offre un antidoto per potersi curare: «Mi sono seduto su una delle panchine di Santa Croce; ho riletto con delizia quei versi del Foscolo che tenevo nel mio portafogli senza tener conto di certe loro imperfezioni: avevo bisogno di un amico col quale condividere la mia emozione». Stendhal porta con sé quei versi dei *Sepolcri* in cui Foscolo canta i monumenti degli italiani illustri: e proprio nel momento in cui il forte disagio lo insidia egli cerca un segno rassicurante (un amico) nel quale rispecchiarsi per condividere l'emozione, per contenerla e per esprimerla linguisticamente.

Ma non altrettanto protetto dal conflitto estetico appare oggi il normale turista che si aggira per le città d'arte. Come osserva Graziella Magherini, «il turista moderno non è più il visitatore saldo nei suoi principi di erudizione e di dottrina; il turista è il simbolo di una ricognizione precaria, di una fragile approssimazione al valore dell'arte. Fragilità da riferire al suo mondo interno, non al suo mondo esterno, in alcuni casi fin troppo garantito e organizzato. Così, anche in una tipologia di viaggio in cui tutto è previsto e preordinato, in cui non c'è più rischio e avventura, permane la possibilità di un'avventura interna talvolta sotto la specie di una crisi, di uno squilibrio, di una momentanea perdita del senso della propria identità».

Abbiamo ad esempio la storia di Kamil, giovane pittore praghese arrivato in Italia in autostop (ma con uno smoking dentro lo zaino), colto da malore all'uscita della cappella Brancacci, smarrito dall'energia che si sprigiona da Masaccio. Uscendo dalla cappella, Kamil prova, lo cito, «l'impressione di dissolvermi, di uscire da me come un liquido che esce e che si perde. Mi sono disteso per terra e mi sono sentito come stessi per morire. Allora mi dicevo che dovevo fare qualcosa per trattenermi dentro, per afferrarmi a qualcosa, come quando si annega. L'unica cosa che riuscivo a vedere, a immaginare, è stato il mio letto di casa a Praga».

E poi c'è la storia di Sally, giovane americana della buona borghesia di New York, assalita dal malessere in una stanza d'albergo che si affaccia sull'Arno (camera con vista); la storia di Franz, il maturo signore bavarese colto da deliquio davanti al Bacco adolescente di Caravaggio, che forse scopre suo malgrado una sempre rimossa valenza omosessuale; la storia di Isabelle, giovane francese insegnante di educazione artistica, entrata in stato di depressione fobica davanti alla bellezza degli Uffizi e colta da un improvviso impulso a sfregiare alcuni quadri. Fra le tante, quella di Isabelle mi pare la storia più emblematica di questo libro che non è una psicoanalisi del turista, ma in primo luogo un saggio sul "conflitto estetico". Un libro sul Bello, dunque? In qualche modo anche un libro sul Bello. Basta leggere i capitoli conclusivi, *Viaggio e visione d'arte in Sigmund Freud* e *La vacanza della mente*, dove un'analisi del "perturbante" ci conduce nelle remote regioni in cui l'arte provoca in noi conflitti e smarrimenti.

Ma questo è anche (o soprattutto) un libro sul viaggio; o meglio, un libro sul viaggio verso l'arte, nelle modalità che esso ha assunto nel corso dei secoli fino a raggiungere le forme del turismo odierno. Perché senza il viaggio, cioè senza l'estraniamento, il malessere artistico non si produce. Ed è un malessere davvero di antica data, che Graziella Magherini documenta fino dal Magister Gregorius, un viaggiatore del XII secolo.

Siamo esseri antichi, ma siamo anche esseri fragili, e oltre che al brutto siamo anche esposti alla bellezza. La cosa ci turba e insieme ci rallegra. Tutti i giorni la laidezza del mondo ci perseguita, è di casa nello schermo televisivo, e ad essa ci siamo assuefatti. Invece la bellezza può fare ammalare.

La sindrome opposta

Se il "conflitto estetico" può provocare un certo tipo di malessere, il conflitto religioso sicuramente ne provoca uno maggiore. Non mi riferisco alle guerre, che da secoli sono alimentate in parte da questo conflitto; parlo di un disagio individuale, un'insofferenza, addirittura una reazione fisica con alterazioni di pulsazioni cardiache (condizione che, come riferisce Stendhal, all'epoca sua i medici di Berlino definivano "nervi").

Trovandomi in Israele e visitando la Città Santa per eccellenza, mi sono portato per guida "un libro illuminante" (la definizione è di Philip Roth) scritto da Amos Elon, un intellettuale israeliano che ha vissuto a lungo a Gerusalemme: *Jerusalem. City of Mirrors*. Nei capitoli *Holy City* e *Cruel City* sono rammentati i viaggiatori che hanno provato un malessere e un disagio ("la cosiddetta Sindrome di Gerusalemme") nel visitare la città.

Ad esempio, un pellegrino domenicano del XV secolo, Felix Fabi, osserva che la concezione di un solo Dio (il monoteismo) unisce le differenti religioni di Gerusalemme, ma la pratica di tali religioni in fondo le divide ancora di più. Il bravo pellegrino fa una lista lunghissima delle fedi ivi praticate, e di tutte le sfumature dell'Ebraismo, dell'Islamismo e del Cristianesimo. Greci, Siriani, Armeni, Nestoriani, Gregoriani, Maroniti, Beduini, Turcomanni, Mamelucchi e, aggiungerei, Copti (Etiopi ed Egiziani), Giacobiti siriani, Greci ortodossi (che sono Chiese nazionali, a ciascuna delle quali spetta un periodo di tempo durante il giorno, con le loro diverse liturgie nei rispettivi luoghi sacri) si avvicendano con un'agenda oraria ferrea ogni giorno a Gerusalemme per onorare e custodire la memoria dello stesso Dio. Dio che in principio sarebbe lo stesso, ma di cui in realtà ciascuno si sente il "vero" interprete. È plausibile che nel visitatore laico, fino ad allora serenamente ateo, cominci a sorgere l'angosciante dubbio che esistano tre dèi distinti che non si sopportano, vecchi bisbetici e litigiosi che non ci lasceranno mai in pace con il loro cattivo carattere.

La palpabile tensione che tutto ciò comunica ha impressionato negativamente molti viaggiatori, da Flaubert a Selma Lagerlöf, da Koestler fino ai nostri giorni. Gerusalemme è la memoria, è stato detto. Può darsi che sia così, anche se una guizzante definizione di Yehuda Amichai (davvero magnifico *Witz* freudiano) l'ha recentemente definita «la città dove tutti ricordano di avere dimenticato qualcosa».

La concentrazione in uno spazio così ristretto di tante convinzioni diverse fa pensare a tante vedove di uno stesso defunto che vivono nella stessa casa, ciascuna di esse convinta di essere la "vera e unica" vedova. È presumibile che lo spirito del defunto, se eventualmente esisteva, si sia nel frattempo trasferito altrove lasciando un grande vuoto. A riempirlo sono rimasti i suoi adepti, con tutto il loro zelo e la loro granitica fede, rappresentando solo se stessi e presidiando il Nulla.

Nella Casa di Quarzo

Nel 1980, a cura dell'etnologa brasiliana Berta G. Ribeiro, usciva a San Paolo un documento di eccezionale interesse: una cosmogonia amazzonica intitolata *Antes o mundo não existia* (Prima il mondo non esisteva), che aveva per autori due indios della tribù Desana, padre e figlio, Umusin Panlon Kumu e Tolaman Kenhiri. Questo testo, rivisto e aumentato dagli autori, è pubblicato da Sellerio (Firmiano Arantes Lana e Luiz Gomes Lana, *Il ventre dell'universo*, a cura di Ernesta Cerulli e Silvano Sabatini). Anche il lettore italiano ha la possibilità di accedere a uno dei miti più belli elaborati da una cultura primitiva.

I signori Firmiano e Luiz che appaiono come gli autori nell'edizione italiana sono naturalmente i due indios Desana, che qui si presentano (non so se per loro esplicita volontà o per il buon officio di uno dei curatori, Silvano Sabatini, che è un prete missionario) col nome portoghese di battesimo che hanno assunto. Ma il problema dei nomi è di secondaria importanza, anche se di importanza non secondaria è invece il problema della acculturazione (ed eventuale conversione) degli indios; per questo la nota finale di padre Sabatini rischia di non essere obiettiva.

I due autori provengono dal villaggio del lago della

Scimmia Walu, che sorge sulle rive di un subaffluente del Rio Negro in Amazzonia; e si tratta ovviamente di due indios acculturati. Anzi, il vero acculturato, cioè colui che è entrato in possesso della scrittura, è il figlio, Tolaman Kenhiri, che ha raccolto dal padre il racconto della cosmogonia (il padre, che fu un capo, è uomo iniziato e preposto alla trasmissione della cultura e della religione Desana); lo ha fissato prima in lingua Desana, poi lo ha tradotto in portoghese e infine lo ha accompagnato con 198 acquerelli (46 dei quali riprodotti nell'edizione italiana) attraverso i quali intende aiutare a comprendere meglio la simbologia della ritualità Desana, ovviamente difficile a descriversi con le parole.

È evidente che questi disegni, che dovrebbero avere una funzione didascalica, per noi hanno principalmente una funzione estetico-evocativa. Perché se è difficile penetrare nel racconto del mito primitivo, altrettanto difficile è decifrare l'iconografia che ne raffigura la ritualità.

Questo geroglifico amazzonico è misterioso e attraente come un alfabeto remoto. Di fronte alle figure che rappresentano il Mondo, la Casa di Quarzo, i Tuoni, l'Asse dell'Universo, sentiamo lo stesso fascino dei graffiti di Altamira o dei disegni rupestri di Timor. Ma la differenza qui è data dall'effetto-tempo. Perché una cosa è guardare la raffigurazione di Altamira e sentire che un profondo strato di secoli ci separa dagli uomini che dipinsero quei simboli, altra cosa è sapere che gli uomini che hanno raffigurato la simbologia Desana sono nostri contemporanei, vivono fra noi, nello stesso mondo, e ormai si chiamano Firmiano e Luiz.

C'è qui uno sfasamento che inquieta e che turba: perché se il primitivo è misterioso, è misterioso anche che ci sia la civiltà. Insomma, è inquietante la sussistenza di questa trigonometria: il piano orizzontale, cioè l'ascissa della preistoria, e il piano verticale, cioè l'ordinata della Storia, che è il piano a cui noi apparteniamo.

Come leggere dunque questo mito? Per il lettore comune, che è anche chi scrive, credo che esso possa avere il fascino della pura narrazione. Una narrazione cui conviene abbandonarsi non come ci si abbandona alla favola, che possiede una sua logica, ma come ci si abbandona alla narrazione prefavolistica, al flusso di parole della filastrocca, per esempio, nella quale le brachilogie, gli slittamenti di senso e le incongruenze non devono essere giustificati. Il potere di seduzione che appartiene all'oralità e al mito consiste nel non prevedere ancora la trama, ma una serie di micro-eventi disposti l'uno accanto all'altro come le perline di una collana. Insomma, il mito primitivo non è riassumibile, e la sua struttura è simile a certe forme antiromanzesche delle avanguardie del Novecento. Lo aveva ben compreso Mário de Andrade allorché, rielaborando proprio un mito indio (erano gli anni Venti), scrisse il primo romanzo davvero d'avanguardia del Brasile, *Macunaíma*.

Ma il lettore che desiderasse accostarsi al mito Desana con gli strumenti dell'interpretazione, troverà in questo libro due eccellenti saggi di Ernesta Cerulli che ha incastonato il testo mitico fra un indispensabile scritto propedeutico (*La cultura tradizionale del Vaupés e la conoscenza etnologica dei Desana*) e una guida illuminante e coltissima alla simbologia del mito (*L'analisi del mito e la cultura tradizionale Desana*). Una guida indispensabile, anche per eliminare la convinzione, se ancora qualcuno di noi la nutrisse, che il piano orizzontale (la cultura primitiva) sia basato sulla semplicità e il piano verticale (la cultura della Storia) sia basato sulla non-semplicità. Il grosso problema è che il pensiero umano non è mai semplice, sia esso civilizzato o primitivo. Questo libro ne è uno straordinario esempio.

Il sogno amazzonico

Fra i tanti sogni che nel corso della loro storia gli uomini hanno coltivato, quelli che raggiungono l'effetto contrario all'illusione che li suscitò sono certo i più tragici e spesso i più perniciosi. Perché non si rivoltano soltanto verso chi li concepì ma si estendono come per contagio, raggiungono la collettività, sono socialmente nocivi. Basati di solito su ciò che la sociologia designa come "decisioni assurde", i guasti di cui sono portatori non dipendono soltanto dall'errore valutativo che li ha determinati ma dalla pervicacia nel reiterarlo, dall'incapacità di valutarne i flagranti danni progressivi, fino all'inevitabile disastro finale.

La nequizia è vecchia quanto il mondo, ma quando viene esercitata su vasta scala ha l'effetto di un'epidemia. L'ingordigia è una costante caratteristica umana, sia quale sia il sole che brilla, ma allorché è esaltata da un particolare sistema economico che promuove il profitto a beneficio sociale, ha effetti devastanti. Il gusto di deturpare ciò che è bello e di violentare ciò che è puro è dote che appartiene soltanto all'*homo sapiens*, ma allorché essa è esercitata con i poderosi mezzi della modernità diventa un flagello.

Fine detective della stoltezza umana e profondo conoscitore del continente latinoamericano, che gli ha ispirato saggi e romanzi famosi non solo in Francia, in questo libro in cui una scrittura di una chiarezza cartesiana è spesso velata da una malinconia amara, Michel Braudeau, nelle pagine di *Il sogno amazzonico* ferma il suo sguardo sul polmone ferito del nostro globo, l'Amazzonia. E lo fa attraverso una scelta di persone reali che videro l'Amazzonia non già come mito edenico o come sogno di una nostra purezza originaria che la civiltà avrebbe sciupato, bensì come facile preda, come boccone prelibato, come facile vittima da sottomettere.

Dopo Cândido Rondon, candido di nome e di fatto, innocente pioniere della spoliazione futura che consegnò il proprio sogno alla bramosia di posteri senza scrupoli, sfilano in una sequenza dove il sogno assume le fattezze di incubo le funeste imprese del miliardario fascistoide Henry Ford; i megalomani progetti della feroce giunta militare che per anni ha privato il Brasile della democrazia; le iniziative non meno megalomani di Daniel Ludwig, altro funesto miliardario; l'aggressione della misteriosa Compagnia CVRD a partecipazione statale che guida migliaia di schiavi (i *garimpeiros*) allo sfruttamento aurifero, fino all'inquietante spionaggio satellitare esercitato oggi sull'Amazzonia e circondato di assassini, di guerre segrete e di corruzione.

In tal senso l'Amazzonia, questo immenso deposito di ricchezze naturali, sede di un'infinita biodiversità e forse tesoro della nostra medicina del futuro, non è soltanto l'esempio più allarmante dello scempio recato dall'avidità umana all'equilibrio del pianeta, ma diventa metafora della nostra civiltà paranoica che quanto più produce tanto più divora se stessa.

L'Eden dei nostri rimorsi

In altri tempi, quando il lettore colto e curioso partiva in viaggio per ignoti e lontani paesi, metteva nelle sue valigie (i bauli di certi viaggiatori sarebbero di per sé oggetto di letteratura) non guide turistiche (non esistevano), ma libri di viaggiatori che prima di loro avevano visitato quei paesi. Quei libri non recavano indicazioni per dove albergarsi, non fornivano indirizzi di ambasciate, American Express e liste di vaccinazioni indispensabili. Insegnavano altre cose: come si viveva, come si pensava, come si parlava, come si scriveva e quali categorie mentali vigevano in quei luoghi dell'altrove.

Questa avvertenza mi è indispensabile per avventurarmi in un libro, una sorta di enciclopedia ragionata dotata di una bibliografia sterminata, di un apparato di note incredibile, di un glossario fondamentale – insomma un libro di studio che apparterrebbe al genere delle storie letterarie e che invece vorrei proporre come uno straordinario libro di viaggio. È la *Storia della letteratura brasiliana* di Luciana Stegagno Picchio pubblicata da Einaudi nella collana "Biblioteca".

Un libro di viaggio che comincia a sua volta con un libro di viaggio: la *Carta do achamento* (Lettera della scoperta) redatta da Pero Vaz de Caminha, scrivano di bordo del navigatore Pedro Álvares Cabral e indirizzata a Don Manuel I, re di Portogallo nel 1500. Un testo che segna, secondo Luciana Stegagno Picchio, l'atto di nascita della letteratura brasiliana. E leggendo questa "Carta" (ne esiste una bella edizione italiana pubblicata dall'editore Sellerio), e intuendo l'Eden che Pero Vaz de Caminha descrive, con quelle spiagge dorate, i palmeti, quegli indios innocenti e felici, con il labbro inferiore trafitto da una scheggia d'osso e la fanciulla che li accompagnava («così ben fatta e rotondetta, tutta tinta da cima in fondo di quelle pitture, e la sua "vergogna" – cosa che lei proprio non aveva – era così graziosa che molte dame del nostro Paese, vedendola così fatta avrebbero avuto vergogna di non avere una "vergogna" come lei»), leggendo tutto questo capiamo che l'Europa non scoprì tanto il Brasile quanto i propri desideri più nascosti: l'Evasione e l'Altrove. E che il Brasile costituì fin da subito per l'Europa la proiezione di quelle mitiche "Isole Fortunate" delle quali gli storici e i geografi greci avevano già tessuto l'idea per tutta la posterità. Da questa descrizione dell'Eden, che in Europa trova il suo sensuale manierismo in Botticelli, Poliziano e Camões (ma il Concilio Tridentino è alle porte), nascerà poi il mito del buon selvaggio e della natura felice, che Jean-Jacques Rousseau, meditabondo e fuggitivo durante le sue *promenades* non poi così solitarie, elaborerà tramandando il fresco mitema della futura poetica romantica di un cuore e una capanna di Bernardin de Saint-Pierre. Per la letteratura europea il filone dell'esotismo è segnato. Ciò che essa ha prodotto, da Pierre Loti a Victor Segalen a Blaise Cendras (che pur calzando il suo *galurin gris*, il berrettino da stradaiolo, seppe evitare il pittoresco), fino agli snobissimi e cosmopoliti *cro-*

niqueurs degli anni Venti, è già inscritto nel Dna del testo dello scrivano portoghese.

Il passo verso l'antropologia non si fa attendere, con le accademie tardo-settecentesche, soprattutto francesi. E di antropologia il "libro di viaggio" di Luciana Stegagno Picchio è ricchissimo. Il Nero, la coltura della canna da zucchero, le miniere d'oro settecentesche (che produssero le cattedrali barocche di Ouro Preto), poeti, pittori e uno scultore geniale e disgraziato come l'Aleijadinho, che scolpì i maestosi profeti in pietra di Congonhas do Campo con lo scalpello legato ai moncherini divorati dalla lebbra. La società schiavista brasiliana dell'Ottocento o, meglio, le divisioni sociali che la nostra civiltà importa nell'Eden ritrovato, sono l'oggetto di uno dei più grandi studi di antropologia di sempre: *Casa-Grande & Senzala* (1933) di Gilberto Freyre. Che è soprattutto una trigonometria che attraversa il tempo: l'Europa che arriva con le sue categorie sociali nelle foreste tropicali del Brasile. Come a suo modo ci era già arrivato da etnologo alla fine del Cinquecento il gesuita José Anchieta, del quale all'epoca giunse in Italia il suo *Quam plurimarum rerum naturalium* che informava gli attoniti europei di popolazioni, abitudini, flora e fauna di quel lontano paese. «O Virgem Maria / Tup cy etê / Abá pe ára pora / Oicó endê gabê», cantano in lingua *tupy* gli indios convertiti da padre Anchieta nella foresta amazzonica. È la pietra miliare dell'*Indianismo* che attraverserà tutto l'Ottocento brasiliano, secolo di rivendicazioni nazionalistiche e ricerca delle radici, allorché le piume degli indios diventeranno una bandiera per i letterati di Rio de Janeiro pieni di buone intenzioni (quegli scrittori "da sala da pranzo", come furono perfidamente definiti più tardi dall'avanguardista Ronald de Carvalho).

E a un bel momento l'*Indianismo* finisce, anzi viene bollito in pentola. Ad accendere il fuoco sotto la pentola sono gli avanguardisti della "Semana de Arte Moderna" di San Paolo con il "Manifesto antropofago" e in specie un folletto letterario chiamato Oswald de Andrade, che nel 1928 celebra la bollitura in pentola, ad opera degli indios amazzonici, del vescovo portoghese Sardinha. Così era successo davvero. Evidentemente agli indios a forza di cantare l'*Ave Maria* in *tupy* gli era venuto appetito. Un'impietosa xilografia europea dell'immondo banchetto diventa la copertina della "Revista de Antropofagia", e Oswald de Andrade dirige il suo manifesto «contro Goethe, la madre dei Gracchi, la Corte di Don Giovanni VI di Portogallo» e soprattutto «contro la realtà sociale incravattata e oppressiva, schedata da Freud». Un bel taglio con l'Europa. È il momento più felice e liberatorio della letteratura brasiliana, la stagione d'oro che vedrà poeti e scrittori come lo stesso Oswald de Andrade (*Memorie sentimentali di Giovanni Miramare* e *Serafino Ponte Grande*) e con lui l'altro Andrade, Mário, che col suo *Macunaíma*, 1926, definisce i caratteri archetipici dell'eroe (anzi, antieroe) nazionale: un ibrido razziale, mezzo indio e mezzo nero, grasso, infingardo, bugiardo, goloso e libidinoso: il Macunaíma nazionale. E poi Manuel Bandeira, e soprattutto Drummond de Andrade.

Ma il Novecento porta con sé anche l'impegno sociale che il Brasile accoglie con i suoi temi e problemi specifici. Per esempio la "Seca" (la siccità) del Nordeste brasiliano, che costringe migliaia di *retirantes* a lasciare le loro terre per tentare un viaggio attraverso le lande più desertiche dell'immenso paese alla ricerca di un loro Eden assolutamente all'opposto del nostro: la Metropoli. Si veda *Vidas secas* (1938), di Graciliano Ramos. E in poesia soprattutto *Morte e vita severina* (1956), di João Cabral de Melo Neto (ne esiste anche una bellissima versione teatrale cantata e recitata da Chico Buarque de Hollanda). Ma anche la sociologia e l'antropologia, seppure con ritardo sulla letteratura, offrono del latifondo nordestino un sinistro panorama. *Sete palmos de terra e un caixão*, 1956 (Sette palmi di terra e una bara), che era ciò che spettava alla morte ai braccianti nordestini (*Una zona esplosiva: il Nordeste del Brasile*).

Ma il libro di Luciana Stegagno Picchio si può leggere senza tener conto della cronologia, scegliendo le epoche a piacimento. Per esempio, tornando al barocco di Minas Gerais spicca la figura di Gregório de Matos. Poeta, picaro dei Tropici nato da famiglia agiata (padre portoghese e madre bahiana) fu inviato a studiare a Coimbra dove coltivò la poesia di Camões, Góngora e Quevedo. Educato dai gesuiti e avviato alle occupazioni curiali, alle quali preferì l'avvocatura, scelse per vocazione di irridere in verso il clero e la nobiltà. Le sue rime iconoclaste, oltre che valergli il nomignolo di Bocca d'Inferno, gli valsero anche un processo del Tribunale del Santo Uffizio e una deportazione in Angola. Scrisse versi come questo: «Fior fior d'usura / ovunque nei mercati. / E quelli che non rubano / in miseria».

Dal paradigma della corruzione alla società della violenza, alle abissali differenze sociali, alle tensioni misticheggianti, al sincretismo religioso, questo "libro di viaggio" tutto registra attraverso la letteratura. I grandi libri che il Brasile ha dato al Novecento sono vivi e, fortunatamente, facilmente reperibili. Guimarães Rosa epico e omerico cantore di Minas Gerais (che alcuni critici che amano le etichette hanno definito "il Joyce brasiliano"): plotiniano, botanico di professione e osservatore al microscopio dell'infelicità umana; Clarice Lispector, metafisica, visionaria, una marziana che osserva la condizione umana; Carlos Drummond de Andrade (alcune poesie sono tradotte da Einaudi col titolo *Sentimento del mondo*, 1987 e da Adriatica di Bari col titolo *Chiaro enigma*, 1990) che con Fernando Pessoa è sicuramente il più grande poeta di lingua portoghese del Novecento.

Drummond è un poeta che ha saputo rovesciare la sua condizione di uomo dei Tropici in un umorismo gelido che studia l'altra faccia del mondo e degli uomini: come Beckett ha messo in equilibrio su un'esile corda tesa sul nulla un saltimbanco stralunato che con una lacrima dipinta sulla guancia canta *I materiali della vita*: «Faccio il mio amore in vidrotil / i nostri coiti saranno in modernfold / finché la lancia di interflex / vipax ci separi / in clavilux / camabel camabel la valle echeggia / sopra il vuoto di odalit / la notteasfaltica / plkx». Ma ha cantato anche il rimorso di essere ciò che furono i suoi antenati, e il rimorso di tutti noi: «Ho soltanto due mani / e il sentimento del mondo / ma sono pieno di schiavi / i miei ricordi scorrono / e il corpo transige / nella confluenza dell'amore. // Quando mi alzerò, il cielo / sarà morto e saccheggiato / io stesso sarò morto / morto il mio desiderio, morto / il pantano senza accordi».

Brasile come "nostro rimorso"?, si chiede nella nota di prefazione l'autrice. Rimorso di noi che stiamo da quest'altra parte dell'Atlantico e che lo scoprimmo? Forse. Ma

Brasile anche come specchio, come nostra coscienza. Quando conobbi Drummond de Andrade, alcuni anni fa, una sera, mentre ci salutavamo, mi sussurrò una frase. Non so se era una domanda o una constatazione. Eravamo sul lungomare di Copacabana e stava tramontando un sole vermiglio. «Sa cos'è questo vostro Brasile?», mi chiese come se chiedesse a se stesso, «è un vostro sogno. Solo che noi ci viviamo dentro».

Senzaterra

Saki, dice l'antico poeta persiano al vecchio domestico che gli mesce il vino filosofeggiando, non pensare alla rotazione della Terra, pensa prima alla mia testa.

Terra. Pianeta dell'Universo, quarto in ordine di grandezza. Solido irregolare subsferico dotato di schiacciamento ai poli. Descrive un'orbita ellittica, con piccola eccentricità. Il piano di tale orbita è detto eclittica, il periodo della sua rivoluzione è detto anno siderale, il periodo di rotazione intorno all'asse passante per i poli è detto giorno siderale. Il raggio medio della Terra è di seimilatrecentosettantuno chilometri. La Terra è ricoperta per il settantaquattro per cento dall'acqua e per il ventisei per cento dalle terre emerse. E queste terre sono la terra della nostra Terra.

Fratello mio, dice l'uomo senza terra all'astronomo che gli spiega l'Universo, non pensare alla rotazione della Terra, pensa prima alle mie mani che la lavorano e non la posseggono. Io vivo su questa terra, dissodo questa terra, e sono un Senzaterra. Ti sembra possibile, fratello astronomo, tu che conosci l'Universo?

Universo. Insieme costituito dallo spaziotempo e da

tutta l'energia esistente sotto forma di materia. Le teorie fisiche più recenti datano la sua nascita fra gli otto e i diciotto miliardi di anni fa, a partire da un punto che conteneva tutta l'energia con densità infinita e che in seguito avrebbe continuato a espandersi e a raffreddarsi permettendo l'organizzazione di galassie e di ammassi di galassie, che possiamo osservare. L'evoluzione futura dell'Universo è legata alla sua densità: se essa risulterà superiore a un certo valore critico, l'Universo rallenterà sempre più la propria espansione fino a invertirla in una contrazione che si concluderà nuovamente in un punto a densità infinita. Se invece risulterà inferiore, l'espansione proseguirà all'infinito.

Fratello astronomo, dice il piccolo uomo senza terra all'astronomo, se si possono osservare le galassie, perché nessuno mi vede? Forse che non sono anch'io un abitante dell'Universo? E se per misurarlo si adoperano grandezze astronomiche, sai che misura mi spetta, secondo il padrone del latifondo che dissodo? Mi spettano quattro palmi di terra per contenere la mia bara, perché solo questo mi toccherà dopo la mia morte: quattro palmi di terra ed una bara.

Mio povero piccolo uomo senza terra, dice l'astronomo, i padroni della Terra non hanno previsto per te quattro palmi di terra sopra questa terra, ma solo sotto, in un buco, un minuscolo buco di terra che ti risucchierà e ti ospiterà nel suo nulla, come un buco nero. L'uomo è la prima stella dell'universo creato, ma a te, uomonulla, spetta un buco nero.

Buco Nero. Fase finale dell'evoluzione di una stella in cui la materia, ridotta ad un gas di neutroni, subisce un collasso inarrestabile verso un punto dove la luce resta intrappolata rendendo l'oggetto invisibile. Dunque nero.

Fratello astronomo, dice il piccolo uomo senza terra, ieri ho partecipato al funerale di un bracciante, fratello in miseria, e i nostri fratelli cantavano questa cantilena: «Questa fossa che ora hai, a palmi misurata, è la parte minore che avesti in vita. È un buco giusto, né largo né fondo, è quanto ti spetta di questo latifondo. Non è una fossa grande, è una fossa precisa, è la terra che volevi fosse ripartita». Fratello astronomo, tu conosci le misure dell'Universo. Ti pare che questa fossa sia la misura di un uomo?

Anno Luce. Unità di misura usata in astronomia. Definito come la distanza percorsa dalla luce nel vuoto in un anno, alla velocità di trecentomila chilometri al secondo. Per arrivare ai confini della nostra galassia, laddove comincia la galassia di Andromeda, occorrono circa cento anni luce.

Fratello astronomo, dice il piccolo uomo senza terra, molti anni fa un poeta che andava scalzo per sentire la terra sotto i piedi scrisse: «Laudato sii, mi' Signore, per sora nostra Madre terra, la quale ne sustenta e governa, e produce diversi frutti, con coloriti fiori et erba». E allora, fratello astronomo, io mi sono unito agli altri miei fratelli senza terra che lavorano questa terra per trarne frutti e abbiamo deciso che i frutti che essa dava dovevano sostentare noi, perché sono nostri.

Terra. Pianeta dell'Universo, quarto in ordine di grandezza. Solido irregolare subsferico dotato di schiacciamento ai poli. Descrive un'orbita ellittica, con piccola eccentricità. Il piano di tale orbita è detto eclittica, il periodo della sua rivoluzione è detto anno siderale, il periodo di rotazione intorno all'asse passante per i poli è detto giorno siderale. Il raggio medio della Terra è di seimilatrecentosettantuno chilometri. La Terra è ricoperta per il settantaquattro per cento dall'acqua e per il ventisei per cento dalle terre emerse. E queste terre sono la terra della nostra Terra.

Fratello mio, dice l'uomo senza terra all'astronomo che gli spiega l'Universo, non pensare alla rotazione della Terra, pensa prima alle mie mani che lavorano e non la posseggono. Io vivo su questa terra, dissodo questa terra, e sono un Senzaterra.

Ti sembra possibile, fratello astronomo, tu che conosci l'Universo?

ALTER DO CHÃO	pp. 177-179	ELEPHANTA	pp. 122-125
AMAZZONIA	pp. 237-242	FIRENZE	pp. 29-30;
BARCELLONA	pp. 57-59		231-234
BOMBAY	pp. 119-121	GENOVA	pp. 109-111
BUENOS AIRES	pp. 224-230	GERUSALEMME	pp. 235-236
CANBERRA	pp. 141-160	GOA	pp. 126-128
CANCÚN	pp. 94-99	HOLSTEBRO	pp. 212-219
CONGONHAS		HORTA	pp. 180-182
DO CAMPO	pp. 100-102	IL CAIRO	pp. 79-81
CRETA	pp. 203-211	KYŌTO	pp. 82-84

ÜRGÜP
GERUSALEMME
KYŌTO
BOMBAY
GOA
ELEPHANTA
MAHABALIPURAM
SIDNEY
MELBOURNE
CANBERRA

LISBONA	pp. 163-176	QUÉBEC	pp. 106-108
MADRID	pp. 48-53	RHINEBECK	pp. 85-87
MAHABALIPURAM	pp. 129-132	SAN SEBASTIÁN	pp. 54-56
MARAMURES	pp. 63-65	SAPANZA	pp. 63-65
MELBOURNE	pp. 141-160	SÈTE	pp. 41-44
MOUGINS	pp. 45-47	SIDNEY	pp. 141-160
NEWYORK	pp. 85-87	SOLOTHURN	pp. 60-62
OURO PRETO	pp. 103-105	ÜRGÜP	pp. 76-78
PARIGI	pp. 34-40	WASHINGTON	pp. 88-90
PISA	pp. 31-33		

I libri di questo libro

Alcuni libri qui citati hanno avuto varie traduzioni in italiano in epoche diverse, oppure non sono mai stati tradotti. Si è scelto perciò di citare il titolo originale e l'anno di pubblicazione riportando fra parentesi, laddove necessario, il titolo tradotto in italiano.

Jean Aicard, *Maurin des Maures*, 1908, p. 46

Bhimrao Ramji Ambedkar, *Gandhi and gandhism*, 1970 post., p. 136

José de Anchieta, *Epistola Quam plurimarum rerum naturalium...*, 1560, p. 245

Sophia de Mello Breyner Andresen, *Obra poética* (Opera poetica), 1990-1991, pp. 204-211

Carlos Drummond de Andrade, *Sentimento do mundo* (Sentimento del mondo), 1940, p. 248; *Claro enigma* (Chiaro enigma), 1951, p. 248

Mário de Andrade, *Macunaíma*, 1926, pp. 239 e 246

Oswald de Andrade, *Memórias sentimentais de João Miramar* (Memorie sentimentali di Giovanni Miramare), 1924, p. 246

Antonio Armellini, *L'elefante ha messo le ali. L'India del XXI secolo*, 2008, p. 135

Marc Augé, *Non-lieux. Introduction à une anthropologie de la surmodernité* (Nonluoghi. Introduzione a un'antropologia della surmodernità), 1992, p. 88

Roland Barthes, *L'empire des signes* (L'impero dei segni), 1970, p. 83

Jorge Luis Borges, *Fervor de Buenos Aires* (Fervore di Buenos Aires), 1923, pp. 224-226; *Un ensayo autobiográfico* (Abbozzo di autobiografia), 1999 post., p. 224

Michel Braudeau, *Le rêve amazonien* (Il sogno amazzonico), 2004, p. 242

Bernardo Gomes de Brito, *História trágico-marítima*, 1735-1736, p. 187

Italo Calvino, *Le città invisibili*, 1972, p. 202

Pero Vaz de Caminha, *Carta do achamento do Brasil* (Lettera della scoperta del Brasile), 1500, pubbl. 1817, pp. 186, 243-244

Luís Vaz de Camões, *Os Lusiadas* (I Lusiadi), 1572, p. 116

Josué de Castro, *Sete palmos de terra e un caixão. Ensaio sobre o Nordeste, zona explosiva* (Una zona esplosiva: il Nordeste del Brasile), 1956, p. 247

Marco Porcio Catone (il Censore), *De agricultura*, 160 a.C. ca., p. 190

Remo Ceserani, Lidia De Federicis, *Manuale di letteratura. Il materiale e l'immaginario*, 1994, p. 61

François-René de Chateaubriand, *Mémoires d'outre-tombe* (Memorie d'oltretomba), 1848-1850, p. 128

Anteos Chrisostomidis, *Ena pukamiso ghemato likedes* (Una camicia piena di macchie), 1999, p. 67

Julio Cortázar, *Final del juego* (Fine del gioco), 1956, p. 39

Antonio Damasio, *Descartes' Error* (L'errore di Cartesio), 1994, p. 43

Daniel Defoe, *The life and strange surprising adventures of Robinson Crusoe* (Robinson Crusoe), 1719, p. 97

Alexandre Dumas padre, *Le comte de Montecristo* (Il conte di Montecristo), 1844-1845, p. 128

Toni D'Urso, Eugenio Barba, *Viaggi con/Voyages with Odin Teatret*, 1994, p. 213

Amos Elon, *Jerusalem. City of Mirrors* (Gerusalemme. Città degli specchi), 1996, p. 235

José Custódio de Faria, *De la cause du sommeil lucide ou Étude de la nature de l'homme* (Sulla causa del sonno lucido o lo studio della natura dell'uomo), 1819, p. 128

Ennio Flaiano, *Un giorno a Bombay*, 1980, post., p. 118

Edward Morgan Forster, *A passage to India* (Passaggio in India), 1924, p. 117

Ugo Foscolo, *Dei sepolcri*, 1807, p. 233

Gilberto Freyre, *Casa-Grande & Senzala* (Padroni e schiavi), 1933, p. 245

Carlo Emilio Gadda, *La cognizione del dolore*, 1963, p. 202; *I Luigi di Francia*, 1964, p. 37

J.B. de Almeida Garrett, *Viagens na minha terra* (Viaggi nella mia terra), 1846, pp. 188-189

Guido Gozzano, *Verso la cuna del mondo*, 1917 post., p. 122

João Guimarães Rosa, *Grande Sertão*, 1956, p. 103; *Miguilim*, in *Corpo de baile* (Corpo di ballo), 1956, p. 103

Martin Heidegger, *Die Kunst und der Raum* (L'arte e lo spazio), 1969, p. 217

Herberto Helder, *Os passos em volta* (I passi intorno), 1963. p. 39

Hermann Hesse, *Aus Indien* (Viaggio in India), 1913, p. 118; *Wanderung* (Vagabondaggio), 1920, p. 118

Firmiano Arantes Lana – Luiz Gomes Lana, *Antes o mundo não existia*, 1980 (Il ventre dell'universo, 1986), p. 237

Claude Lévi-Strauss, *Tristes Tropiques* (Tristi Tropici), 1955, p. 216

Pierre Loti, *L'Inde* (L'India), 1898, p. 116

Graziella Magherini, *La sindrome di Stendhal*, 1989, p. 231

Naghib Mahfuz, *Bain el-Qasrain* (Tra i due palazzi), p. 80; *Qasr Esh-Shawq* (Il palazzo del desiderio), p. 80; *As-Sukkariyya* (La via dello zucchero), 1946-1952, p. 80

André Malraux, *Antimémoires* (Antimemorie), 1967, p. 118

Edgar Lee Masters, *Spoon River anthology* (L'antologia di Spoon River), 1915, p. 65

Brian Matthews, *Louisa*, 1987, p. 150; *Quickening and other stories* (Accelerazione e altre storie), 1989, p. 150

Mary McCarthy, *The group* (Il gruppo), 1963, p. 87; *Vietnam* (1967), p. 87; *Hanoi* (1968), p. 87

João Cabral de Melo Neto, *Morte e vida severina* (Morte e vita severina), 1956, p. 247

Henri Michaux, *Un barbare en Asie* (Un barbaro in Asia), 1933, p. 117

Yukio Mishima, *Kinkakuji* (Il padiglione d'oro), 1956, p. 84

Alberto Moravia, *Un'idea dell'India*, 1962, pp. 118 e 136; *A quale tribù appartieni?*, 1972, p. 216

Tom O'Neill, *Of virgin muses and of love. A study of Foscolo's* Dei sepolcri (Delle vergini muse e dell'amore. Uno studio sui *Sepolcri* di Foscolo), 1982, p. 149

Giovanni Orelli, *Gli occhiali di Gionata Lerolieff*, 2000, p. 62

Pier Paolo Pasolini, *L'odore dell'India*, 1962, pp. 118 e 137

Fernando Pessoa, *O livro do desassossego* (Il libro dell'inquietudine), 1982 post., pp. 172 e 202; *Mensagem* (Messaggio), 1934, p. 187

Fernão Mendes Pinto, *Peregrinação* (Peregrinazione), 1614 post., p. 187

Platone, *Sofista*, 365 a.C. ca., p. 201

Eça de Queiroz, *A cidade e as serras* (La città e le montagne), 1901 post., p. 188

Pascal Quignard, *Tous les matins du monde* (Tutti i mattini del mondo), 1991, p. 174; *La frontière. Azulejos du palais Fronteira* (La frontiera. Azulejos di palazzo Fronteira), 1998, p. 174

François Rabelais, *Gargantua e Pantagruel*, 1532-1552, p. 97

Graciliano Ramos, *Vidas sêcas* (Vite secche), 1938, p. 247

Gregor von Rezzori, *Maghrebinische Geschichten* (Storie di Maghrebinia), 1953, p. 220; *Ein Hermelin in Tschernopol* (Un ermellino a Cernopol), 1958, p. 222; *Memoiren eines Antisemiten* (Memorie di un antisemita), 1979, p. 222

Mercè Rodoreda, *La plaça del Diamant* (La piazza del Diamante), 1962, p. 58

Romain Rolland, *Inde. Journal 1915-1943* (India. Diario 1915-1943), 1960 post., p. 118; Rolland-Gandhi, *Correspondance* (Corrispondenza), 1960 post., p. 118

William Shakespeare, *Hamlet* (Amleto), 1600-1601, p. 201.

Luciana Stegagno Picchio, *Storia della letteratura brasiliana*, 1997, p. 243

Robert Louis Stevenson, *Treasure Island* (L'isola del tesoro), 1883, p. 23

Wisława Szymborska, *Torture* in *Ludzie na moście* (Gente sul ponte), 1986, p. 25; *Scritto in un albergo* in *Sto pociech* (Uno spasso), 1967, p. 82

Jun'ichirō Tanizaki, *In'ei raisan* (Elogio della penombra), 1933, p. 84

Torquato Tasso, *Aminta*, 1573, p. 190

Karan Thapar, *Face to face India. Interviews with Karan Thapar*, 2006, p. 136

Paul Valéry, *La soirée avec M. Teste* (La serata con il signor Teste), 1896, p. 42; *La jeune Parque* (La giovane Parca), 1917, p. 43; *Le cimetière marin* (Il cimitero marino), 1920, p. 42

Virgilio, *Georgiche*, 37-30 a.C. ca., p. 190

Myron Weiner, *The Child and the State in India. Child Labor and Education Policy in Comparative Perspective* (Il bambino e lo Stato in India), 1990, p. 136

Cesare Zavattini, *I poveri sono matti*, 1937, p. 80

Notizie sui testi

Molti dei testi qui raccolti, già apparsi nel corso degli anni su quotidiani, riviste o in volume, sono stati profondamente modificati o riscritti dall'Autore. Ne forniamo comunque la collocazione originaria.

Lo zio di Lucca a Singapore è una versione rivista di *Nove domande sul viaggio*, in *Ogni viaggio è un romanzo*, a cura di Paolo Di Paolo, Laterza, Roma-Bari 2007.

I. Si parte

Atlante, in "Corriere della Sera", con il titolo *Il mio Novecento nato da un atlante*, 24 gennaio 1997.

II. Viaggi mirati

Il treno per Firenze, in AA.VV., *Feltrinelli per Firenze*, Feltrinelli, Milano 1993.

Dieci anni di Creta è inedito.

I Robinson, in "La Nación", México, con il titolo *Los solitarios*, 14 giugno 2000.

Gli altri testi della sezione, alcuni riscritti e con titolazione lievemente diversa, sono apparsi sulla rivista "Grazia Casa" durante la direzione di Carla Vanni, nella rubrica "Se passate da queste parti": *Pisa. Dove Leopardi rinacque*, n. 7-8/2008; *Parigi. Delacroix a casa sua*, n. 4/2009; *Il Jardin des Plantes*, n. 1-2/2009; *Sète. Il cimitero marino*, n. 4/2007; *Mougins. La Provenza amata da Picasso*, n. 4/2008; *Madrid e dintorni: Goya oltre il Prado*, n. 9/2009; *L'Escorial*, n. 10/2008; *In terra basca per guardare il vento*, n. 10/2009; *Barcellona. La piazza del Diamante*, n. 2/2007; *Solothurn (Soletta), piccola città cosmopolita*, n. 3/2008; *Spoon River tra i Carpazi*, n. 6/2008; *Creta. Un albergo, un villaggio*, n. 3/2007; *Tra erbe e monti*, n. 7-8/2009; *Tra il Grand Canyon e la Cappella Sistina*, n. 3/2009; *Il Cairo. Un Nobel, un caffè*, n. 5/2008; *Kyōto. Città della calligrafia*, n. 11/2009; *New York-Rhinebeck in treno*, n. 8/2007; *Washington. Una sosta da Einstein*, n. 1-2/2008; *Messico. Viaggio nei chiles*; n. 5/2009; *Brasile. Congonhas do Campo*, n. 6/2007; *Ouro Preto*, n. 7/2007; *In Canada per un film*, n. 12/2009; *Genova*, n. 11/2008.

III. In India

Tante idee dell'India, in "la Repubblica", con il titolo *Mistero indiano*, 11 novembre 1984.

Bombay, la porta dell'India; *Elephanta*; *Bombay. Il Taj Mahal* attingono a un articolo pubblicato sulla rivista "Ulisse" della compagnia aerea Alitalia.

Goa. L'abate Faria, in "Grazia Casa", n. 9/2008.

Verso Mahabalipuram è una versione riscritta del racconto omonimo pubblicato in AA.VV., *Il mito di Vespa*, a cura di Omar Calabrese, Fondazione Piaggio, Milano 1996.

L'Inde. Que-sais je? è inedito.

IV. Taccuino australiano

I miti aborigeni muoiono al museo, in "Corriere della Sera", 20 ottobre 1991.

Melbourne, sesso e credit card, in "Corriere della Sera", 27 ottobre 1991.

Dall'università a Hanging Rock, in "Corriere della Sera", con il titolo *Hanging Rock, le pietre del mistero*, 4 novembre 1991.

Canguri a Canberra, in "Corriere della Sera", con il titolo *Canguri a Canberra, la città finta*, 11 novembre 1991.

V. Oh, Portogallo!

La Lisbona di un mio libro, in "Sette", supplemento del "Corriere della Sera", con il titolo *La mia Lisbona*, 7 marzo 1992.

Lisbona. Rua da Saudade; *Al caffè con Pessoa*; *Alentejo. Alter do Chão*; *Lungo il molo di Horta, Faial, Azzorre* sono stati pubblicati sulla rivista "Grazia Casa" nella rubrica "Se passate da queste parti" rispettivamente nei numeri 1/2007, 12/2008, 6/2009, 5/2007.

Il Palazzo Fronteira, in "Corriere della Sera" con il titolo *Il maleficio degli "azulejos" nel palazzo dei misteri*, 13 agosto 1992.

Le mie Azzorre, in "la Repubblica", con il titolo *Le mie isole Azzorre e quelle degli altri*, 13 luglio 2006.

Le montagne di Eça de Queiroz, Nota introduttiva a J.M. Eça de Queiroz, *La città e le montagne*, Tararà, Verbania 1999.

VI. Per interposta persona

Dalle parti della Mongolia, in "Italienisch", con il titolo *Italia bella*, n. 26, 1991.

Nostalgia di Drummond, in "Corriere della Sera", 11 agosto 1999.

Le città del desiderio, in "Corriere della Sera", con il titolo *Da Atlantide a Lisbona, le città del desiderio*, 18 dicembre 1998.

In Grecia con Sophia è inedito.

Un palco mobile in giro per il mondo (completamente riscritto nel 2010), in "Corriere della Sera", 23 agosto 1997, con il titolo *Il palco mobile in giro per il mondo*.

La geografia immaginaria di Gregor von Rezzori, Memoria e disincanto.

Attraverso la vita e l'opera di Gregor von Rezzori, a cura di Andrea Landolfi, Quodlibet, Siena 2006.

Con Borges sulle strade di Buenos Aires, in "Corriere della Sera", con il titolo *Borges. Sulle strade di Buenos Aires*, 17 aprile 1993.

L'omelette e il Nulla, in "Corriere della Sera", con il titolo *L'omelette e il nulla. Dibattito a Parigi*, 3 dicembre 1998.

La sindrome di Stendhal, in "Corriere della Sera", con il titolo *Il fragile turista ha perduto la testa*, 19 maggio 1989.

La sindrome opposta, in "Corriere della Sera", con il titolo *Pellegrini a Gerusalemme, tutti colpiti da una sacra sindrome*, 22 novembre 1998.

Nella Casa di Quarzo, in "la Repubblica", 13 novembre 1986.

Il sogno amazzonico, Nota a Michel Braudeau, *Il sogno amazzonico*, Sellerio, Palermo 2007.

L'Eden dei nostri rimorsi, in "Corriere della Sera", con il titolo *Brasile. Eden dei nostri rimorsi*, 8 agosto 1997.

Senzaterra, in "la Repubblica", con il titolo *Le ragioni dei senzaterra*, 12 luglio 2001.

Indice

9   Nota dell'Autore

11   Lo zio di Lucca a Singapore
      Conversazione con Paolo Di Paolo

21   I. Si parte

23   *Atlante*

27   II. Viaggi mirati

29   *Il treno per Firenze*
31   *Pisa. Dove Leopardi rinacque*
34   *Parigi. Delacroix a casa sua*
37   *Il Jardin des Plantes*
41   *Sète. Il cimitero marino*
45   *Mougins. La Provenza amata da Picasso*
48   *Madrid e dintorni: Goya oltre il Prado*
51   *L'Escorial*
54   *In terra basca per guardare il vento*
57   *Barcellona. La piazza del Diamante*
60   *Solothurn (Soletta), piccola città cosmopolita*

63	*Spoon River tra i Carpazi*
66	*Dieci anni di Creta*
69	*Creta. Un albergo, un villaggio*
73	*Tra erbe e monti*
76	*Tra il Grand Canyon e la Cappella Sistina*
79	*Il Cairo. Un Nobel, un caffè*
82	*Kyōto. Città della calligrafia*
85	*New York-Rhinebeck in treno*
88	*Washington. Una sosta da Einstein*
91	*Messico. Viaggio nei* chiles
94	*I Robinson*
100	*Brasile. Congonhas do Campo*
103	*Ouro Preto*
106	*In Canada per un film*
109	*Genova*
113	III. In India
115	*Tante idee dell'India*
119	*Bombay. La porta dell'India*
122	*Elephanta*
124	*Bombay. Il Taj Mahal*
126	*Goa. L'abate Faria*
129	*Verso Mahabalipuram*
133	*L'Inde. Que sais-je?*
139	IV. Taccuino australiano
161	V. Oh, Portogallo!
163	*La Lisbona di un mio libro*
168	*Lisbona. Rua da Saudade*

171 *Al caffè con Pessoa*
174 *Il Palazzo Fronteira*
177 *Alentejo. Alter do Chão*
180 *Lungo il molo di Horta. Faial, Azzorre*
183 *Le mie Azzorre*
186 *Le montagne ideali di Eça de Queiroz*

193 VI. Per interposta persona

195 *Dalle parti della Mongolia*
198 *Nostalgia di Drummond*
201 *Le città del desiderio*
203 *In Grecia con Sophia*
212 *Un palco mobile in giro per il mondo*
220 *La geografia immaginaria di Gregor von Rezzori*
224 *Con Borges sulle strade di Buenos Aires*
227 *L'omelette e il Nulla*
231 *La sindrome di Stendhal*
235 *La sindrome opposta*
237 *Nella Casa di Quarzo*
241 *Il sogno amazzonico*
243 *L'Eden dei nostri rimorsi*
250 *Senzaterra*

254 I luoghi di questo libro

257 I libri di questo libro

263 Notizie sui testi

1 科
410
893
9840